智造旋律

沈轶伦 著

宁波出版社
NINGBO PUBLISHING HOUSE

图书在版编目（CIP）数据

智造旋律/沈轶伦著.-- 宁波：宁波出版社，
2022.3
　ISBN 978-7-5526-4443-2

　Ⅰ.①智… Ⅱ.①沈… Ⅲ.①报告文学—中国—当代
Ⅳ.① I25

　中国版本图书馆 CIP 数据核字（2021）第 226506 号

智造旋律

沈轶伦　著

责任编辑	晏　洋　周真渝
责任校对	余怡荻
装帧设计	金字斋
出版发行	宁波出版社
	（宁波市甬江大道1号宁波书城8号楼6楼　邮编　315040）
网　　址	http://www.nbcbs.com
印　　刷	宁波报业印刷发展有限公司
开　　本	710mm×1000mm　1/16
插　　页	4
印　　张	13
字　　数	170千
版　　次	2022年3月第1版
印　　次	2022年3月第1次印刷
标准书号	ISBN978-7-5526-4443-2
定　　价	58.00元

如发现缺页或倒装，影响阅读，请与印刷厂联系调换　电话：0574—87682300

- 2005年8月16日,海伦钢琴进入维也纳金色大厅,成为第一个在维也纳金色大厅演奏的亚洲钢琴品牌。

- 2007年8月8日晚8时,在第29届北京奥运会倒计时一周年庆典晚会上,瑞典钢琴家罗伯特·威尔斯用海伦钢琴演奏。

• 2012年6月19日，海伦钢琴股份有限公司在深圳证券交易所创业板挂牌上市。

• 海伦钢琴连续三年（2012—2014年）斩获北美MMR国际乐器评比年度声学钢琴大奖奖项。2015年，海伦钢琴荣获北美MMR国际乐器评比终身成就奖。

- 2016年11月,陈海伦先生与金海芬女士在奥地利荣获"尚彼德奖"。该奖项旨在表彰在经济政治领域具有开拓创新精神的杰出人物。

- 2018年8月22日,由海伦钢琴股份有限公司作为承办单位之一的"丝路琴声"宁波国际钢琴艺术节开幕。开幕式上,巫漪丽弹奏海伦钢琴,与薛苏里二重奏《梁祝》。

- 2019年，海伦钢琴参加江西卫视国庆特别节目《跨越时空的回信》录制，庆祝中华人民共和国成立70周年。

- 海伦钢琴公司的三角琴总装车间。

- 2015—2022年,海伦钢琴股份有限公司连续四次获评国家文化出口重点企业。

- 2010年1月，国家轻工业乐器质量监督检测中心认定海伦钢琴产品为钢琴音乐性能鉴定参照样琴。

- 2020年，"海伦"品牌获颁"宁波品牌百强"。

- 2020年，海伦钢琴股份有限公司获"高新技术企业"称号。

写在前面：让中国人了解中国制造

2020年8月8日晚上8点整。老板来了——

被人称为钢琴制造业"大佬"的陈海伦在65岁这年做了一件时下最时髦的事——直播。

在直播前的预告中，"海伦钢琴"微信公众号这样写道："从2019年的直播元年到2020年的企业直播元年，'直播带货'已经引发了一场全民直播浪潮。受2020年疫情影响，各路行业巨头、掌门人也纷纷开始投身直播大军中。"

这一年，虽然已经有许多"大佬直播"珠玉在前，却并非每个企业家都乐于"触电"或者"抛头露面"。但陈海伦来了，落落大方地坐在直播间里。

在跟上新事物和保守旧规则中，他选择了跟上新事物。在直播与不直播中，他选择了直播。在一把手亲自出马和请人带货中，他选择了一把手亲自出马。海伦钢琴做出的这些选择或许并不令人意外，因为回顾近四十年的创业史，在每一个十字路口，陈海伦总是选择与时俱进。不仅仅是在2020年疫情对传统制造业带来冲击的风口浪尖，而是历来如此。

8月8日晚上8点的这场直播的线下地点，就在宁波北仑海伦钢琴宁波总部的董事长办公室、生产车间、产品展厅和研发中心。

直播主要以访谈形式展开，海伦钢琴直播间主持人子乔手执话筒，与上市公司海伦钢琴股份有限公司董事长陈海伦先生进行对话。

陈海伦援引格力电器股份有限公司董事长董明珠的话，掷地有声地说："让世界了解中国制造。不过，我所想的，比董明珠多一点，也补充一步。"陈海伦讲道，"我们不仅需要让世界了解中国制造，更需要让中国人了解中国制造——因为，让外人了解节节高升的中国实力固然不易，让自己人改变长期以来民族品牌技不如人的刻板印象更难。"

看上去，只是多加了一句话，却改变了观察事物的整个视角。从向外看到向内看，从与别人比拼，到和自己较量。让外人对成见有所改观已经是有难度、有挑战的，让自己人认可更是难上加难。这就是所谓外行看热闹，内行看门道。可以说陈海伦先生的理念，已经不仅限于生意，而是渴望让海伦钢琴改变国人对中国钢琴品牌的认识，让更多的中国人热爱自己的民族品牌。

陈海伦是土生土长的宁波北仑人，没有长期在海外的经历，甚至目前人生的脚步没有长时间离开过北仑，那么究竟：

他为什么有这样的渴望？

他为什么有这样的志向？

他为什么有这样的思辨？

他为什么有这样的动力？

在天猫直播间，桌面上始终放着他自带的保温杯，一杯茶，一件白衬衫，一点儿也不时髦。陈海伦偶尔伸手扶一扶镜架，用带着乡音的普通话侃侃而谈，讲述他一路走来的心路历程，也讲述他对民族品牌未来的期许。

从做钢琴配件起家，到深度进入钢琴制造市场，随着现代互联网科技及智能化制造的飞速发展，海伦钢琴紧跟时代潮流，做出企业定位转型，将传统制造向智能化制造转换，紧跟智能化艺术教育带来的整体品质的提升，从而实现产业全面升级。

和一般直播间声嘶力竭急吼吼的卖货形式不同，这场直播没有"买它买它买它"的叫卖，也没有"宝贝们数量有限，优惠多多"的诱惑，只有一位长者推心置腹地讲述钢琴的故事，人生的故事。

在采访完陈海伦董事长之后，主播子乔一边带领直播间的朋友们深入海伦钢琴生产基地和研发中心，与海伦工厂的技术人员一起为大家展示生产车间的流水线，以及海伦钢琴的核心专利技术与创新技术，一边和直播间的观众互动。

当主播熟练地在镜头前介绍海伦钢琴的产品，当年轻的演奏者开始用海伦钢琴进行现场演奏，让经典旋律成为直播背景音乐，当陈海伦郑重其事，又略带严肃地对着镜头讲述自己这个制造业出身的企业家对事业的向往时，我在上海对着屏幕一边看直播弹幕滚动，一边想，这几个画面交叠产生的效果展示了一个带有时代味道的中国企业家的形象。

拜信息技术所赐，这一场直播有着天涯共此时的效果。即便因为疫情所限，天南地北的人不能如之前那样通畅往来，但只要打开手机，就能看到、听到陈海伦的所思所想，也能感受到一个传统制造业出身的企业家，在时代新潮到来时做出的努力。

事实证明，这份努力没有白费，2020年"双11"期间，海伦钢琴的线上销售势头迅猛，成功冲破2900万元大关。取得良好业绩的同时，企业并未懈怠，依然贯彻严格的标准，牢牢把关一系列相关的生产运作。

这并非一次简单意义上的心血来潮或者对互联网线上售卖的赶时髦。

这不仅是因为在直播前陈海伦和公司的团队进行了多次沟通和预练，也是因为参与和关注颇为新潮的直播带货这件事本身，很能说明这位白手起家的企业家敏锐的商业眼光——

从20世纪80年代触摸商界开始直到现在，他身上的经商天赋和锐气丝毫没有被磨平。像敏锐的雷达接收器一样，于日常生活的细微处，他都保持着观察和学习的姿态。

苟日新，日日新，又日新。这，比起穿上时装，或许是真正意义上的时髦。

直播间的镜头将我的思绪重新带回北仑，回到那个大套间——窗明几净，看得到群山围绕的海伦钢琴宁波总部董事长办公室，回到刷着绿色地板漆，整洁有序的生产车间，回到有落地玻璃窗的产品展厅和研发中心，回到我在那里遇到的一个个有趣的、有想法的、有热情的人身上。从他们手里制造出来的钢琴，是有灵魂的。

在我第一次到海伦钢琴宁波总部的下午，陈海伦欣然带我到生产车间走了一圈。他没有一点架子，迈着轻快的脚步，穿过堆积着散发好闻气味的木材的仓库，穿过一台台正在安装琴键的半成品钢琴，穿过码放整齐的金属和钢丝整理车间，穿过堆放着踏板的车间，穿过自动压铸钢板的车间。他时不时停下，和遇到的工人或调音师聊天，问候他们的家人，谈论他们孩子的升学，犹如熟悉多年的老友。

在海伦钢琴，年轻员工很多。80后、90后的特点是大多离不开手机。事实上，最初学会玩智能手机，接触互联网，也是陈海伦不耻下问，从员工那里学会的。一旦能自如玩转手机后，陈海伦的想法就不仅仅是用户思维，而是商人思维了。

在海伦钢琴，参与直播是陈海伦在公司内由上而下布置的任务，甚至开设天猫旗舰店、抖音账号、微信公众号等种种设想，也都是陈海伦在公司里第一个提出的。

我曾在采访中问他，许多如他这个年纪的20世纪50年代出生的人，因为烦恼于信息时代不会使用智能手机，不能顺利预约出租车或者上医院自助挂号，而常常对着媒体和子女叫苦不迭。甚至有媒体直接称"移动支付和直播购物已经成为年长者生活的壁垒",为何他不仅能玩转手机,还会不断驱动公司里的年轻人开拓新业务?

他哈哈大笑,似乎这并非一个值得回答的问题。

倒是后来他的下属在闲聊时,用另一种方式回答了我:"老板(即陈海伦)去饭店吃饭,看到服务员小妹妹们在上餐间隙聚在一起刷抖音,老板不懂就问,上前学着刷几遍,回到公司,不仅手机装上了抖音,还开始筹划外包广告公司,开设并运营抖音号。"

老板打字不太熟练,但和年轻的下属开会时学会了用微信。之后用微信发语音,那叫一个顺溜。

另一个日常细节体现在陈海伦用餐时。当他宴请远道而来的客人时,喜欢亲自去点餐区点菜,还会到海鲜区的水箱里捞鱼。他告诉我他是怎样露一手的。

陈海伦指了指水箱里的一条东星斑,服务员看到示意,马上过来帮忙捞鱼,一边手起网落,将这条鱼兜上来,一边走去称重台。陈海伦说出鱼的重量,服务员露出手里持着重物的表情说,老板啊,这条鱼大,肯定重,你报少了。陈海伦笑而不语。

鱼上了称重台,电子报数显示,正是刚刚陈海伦报的数字。陈海伦拊掌大笑,服务员马上回头看一眼陈海伦,不声响了。

陈海伦接着又指了指水箱里的一尾龙虾,这次服务员赶紧走过来兜起龙虾,不再报数,侧着头看陈海伦,似乎在等指示。陈海伦报数后,服务员才去称重,显示的数字和陈海伦的报数比较,误差也几乎可以忽略不计。后来陈海伦又要了其他几种鱼类和贝类，服务员不敢再先动手，而是开始留意陈海伦的眼色才下网兜。

走出点餐区，陈海伦背着双手，得意地微微一笑。

我问，如何能做到这样精准？陈海伦笑眯眯地说，吃几次饭就要心里有数。第一次点菜不懂，可以跟着服务员看、跟着学，三次以后就懂了。又说，万事皆有学问，凡事都有规律。只有你不做外行，才能掌握主动权。

席上，一位与陈海伦合作多年的北京老板说起了当年大家相交于微时的场景。带着北京人特有的京腔和爽利口气，他说，大约四十年前，一个大雪纷飞的上午，北方钢琴重镇……

当时钢琴制造业为国营企业垄断。制造钢琴的大型国企，犹如航空母舰，体量巨大，光是厂区外观就好比庞然大物，带有视觉压迫感。不说别的，就是钢琴厂的职工，穿着厂服进进出出，都高高昂着头。他们工资有保障，也自知产品不愁销路，劳保效益好，因此对自己的身份有一种自负和优越感。所以当他们发现，穿着单薄不起眼的衣服，操着南方口音的外乡人孤身一人站在厂门口时，都不以为意，也没有人上前理睬。

这个人就是陈海伦。当时他的身份是名不见经传的北仑五金配件厂厂长。虽然说头衔是厂长，其实就是一家乡办企业的小老板。几间简单厂房，手下就那么几个农民出身的工人，没有什么规模，也没有市场部，更没有专业的销售员，于是他亲自带着一兜钢琴用的五金配件，摸索着打听到大厂的地址，孤身一人赶到厂门口，在举目无亲也无人引荐的情况下，一等就是半天,希望能找到机会进厂。

第一天,忽然降落的大雪如鹅毛飘落,很快把等候在门口的陈海伦的肩膀、眉毛染白,远远一看,像是个白眉毛白胡子的老人。或许是看他可怜,门卫让他到岗亭里暂时躲躲雪,喝杯热茶。像抓住了一线机会,陈海伦在炉前喝茶的几分钟里,从门卫口中得知了厂里的人事信息。

第二天,陈海伦又像上班一样准时出现在厂门口。靠着新认识的门卫介绍,他认识了厂里的销售人员。到了下午,他得到引荐,第一次走进厂区,走进了办公室,介绍他引以为豪、质量靠谱的五金配件。到了夜里,陈海伦就已经和厂里的销售人员称兄道弟,把酒言欢了。

第三天,陈海伦登上了返回宁波的火车。车厢里并不算暖和,但陈海伦的心里暖暖的,因为此刻的他,身上带着北方大厂的订单。

三天时间,从门外人到座上宾,从一无所有到满载而归,从无人识君到谁人不知。这个故事,很陈海伦!

渐渐地,他的名字成了各大钢琴厂负责人嘴里的高频词,从不屑到敬畏,从供应商名单里不起眼的一个名字到声名鹊起的海伦。

如果说,陈海伦的个人魅力为自家的产品打开了销路,那么海伦钢琴配件过硬的质量,才是真正敲开大厂大门的敲门砖。

很快,这家位于北仑乡下的小厂,从做各种五金配件到专做钢琴五金配件,从位列供应商名单,到成为供货商的唯一。从陈海伦手里出去的小小配件,到最后参与国内钢琴零件标准制定。当听说他要进军钢琴整琴制造时,业界震动,钢琴制造大佬们的第一反应是:劲敌来了。

一个能在生活中,甚至一次用餐间隙就主动学会一项新技能的人,一个在几分钟里就感知时代新趋势的人,一个能孤身闯出销路的人,一个能以极低调的姿态去结交新朋友的人,一个善于学习的人,不会落伍。

即便是在上直播、装抖音和点海鲜这几件小事里,我想大概可以看出陈海伦身上一些闪光点,并且多多少少已经回答了这本书要提出的问题:

为什么在无数有着相似经历的人里,陈海伦能从时代中冒出来?为什么在无数制作钢琴的厂家里,海伦钢琴能成为翘楚?

对于一个农家子弟出身,只接受过四年学校教育的人来说,是长期的自我学习、自我促进,将他带到今天的位置。

我想,这样一个陈海伦,这样的悟性和才智,有什么做不好呢?倘若他当年从捞鱼的服务员小弟开始接触餐饮行业,现在也肯定是餐饮界大佬;倘若当年他是一个计算机小程序员,现在肯定是一名出色的互联网创业者。因为有着这样的心志,所以不论做什么都会很出色的。当然,这是个人的内因。而时代给予这一代人的机会,是天时地利的外因。

从开办工厂和买卖小商品都冒着巨大风险的计划经济时代走来,再到经历改革开放的黄金时代,此后又面临信息化数字化时代的浪潮,此刻对于海伦钢琴来说,受到突如其来的疫情的影响,是全新的命题,但非陌生的挑战。

因为挑战无时不在。

2020年4月，我第一次采访陈海伦时，有好几天都跟着他，并目睹了他的工作状态。其中，整整三天，陈海伦几乎每一分钟都在处理各种事务。

不断有下属推开董事长办公室的门询问他处理意见、请他签字。当时疫情状况依旧令人担忧，海外通航情况未明，不少一线工人滞留原籍，无法返工，复产情况未明，所有事都需要陈海伦的决断。可我只见陈海伦一边井然有序地处理，一边谈笑风生地待客。

他穿着简单的西装上班，一进办公室就换上和一线装配车间工人一样的绿色工装外套，浑身上下无一装饰品或者奢侈品，脸色也和气，并不是不苟言笑。

做决断是一件耗精力的事，担责任本身考验着领头羊的胆魄。在唯一几分钟空下来和我说话的间隙，陈海伦说："你来之前，曾怎样想象老板的生活？"

我笑说："坐拥豪宅，开着豪车，带着美女和香槟去周游世界、纵情声色那种吧。"

陈海伦也笑了，坐在他宽敞明亮的办公室里，看着窗外的蓝天浮云说："老板的生活如在火上烤。"

不是每个人都能撑住的。

也就在这次采访的同时，陈海伦已经计划在微信公众号和抖音上发力，并开始筹划8月的直播，进一步开拓已有的国内商业版图。

就在他和一大批民企老板尝试参与直播几个月后的2020年末，中央经济工作会议召开。

如2020年12月24日《人民日报》评论文章《把握重点任务，加快构建新发展格局——论学习贯彻中央经济工作会议精神》所报道："加快构建以国内大循环为主体、国内国际双循环相互促进的新发展格局，是以习近平同志为核心的党中央根据我国发展阶段、环境、条件变化，审时度势作出的重大决策。习近平总书记强调：'构建新发展格局，是与时俱进提升我国经济发展水平的战略抉择，也是塑造我国国际经济合作和竞争新优势的战略抉择。'站在'两个一百年'奋斗目标的历史交汇点上，我们要深刻认识到，提出加快构建新发展格局，既是对我国发展新机遇新挑战的深刻认识，也是对我国客观发展规律和发展趋势的自觉把握，是对'十四五'和未来更长时期我国经济发展战略、路径作出的重大调整完善，是着眼于我国长远发展和长治久安作出的重大战略部署，对于我国实现更高质量、更有效率、更加公平、更可持续、更为安全的发展，对于促进世界经济繁荣，都会产生重要而深远的影响。"

中央经济工作会议确定的重点任务是"增强产业链供应链自主可控能力，统筹推进补齐短板和锻造长板，针对产业薄弱环节，实施好关键核心技术攻关工程，尽快解决一批'卡脖子'问题，在产业优势领域精耕细作，搞出更多独门绝技""在合理引导消费、储蓄、投资等方面进行有效制度安排，形成强大国内市场"等，字里行间，都能为海伦钢琴的未来找到对标的地方。

"构建新发展格局是事关全局的系统性、深层次变革，必须坚定不移贯彻新发展理念，推动经济实现高质量发展。要紧紧扭住供给侧结构性改革这条主线，注重需求侧管理，打通堵点，补齐短板，贯通生产、分配、流通、消费各环节，形成需求牵引供给、供给创造需求的更高水平动态平衡，提升国民经济体系整体效能。要更加注重以深化改革开放增强发展内生动力，在一些关键点上发力见效，起到牵一发而动全身的效果。要坚持质量第一、效益优先，切实转变发展方式，推动质量变革、效率变革、动力变革，使发展成果更好惠及全体人民，不断实现人民对美好生活的向往。"[1]

和陈海伦童年时所处的物质匮乏时代截然不同，"经过几代人一以贯之、接续奋斗，我国即将全面建成小康社会。这是新生活新奋斗的起点，我们要继续艰苦奋斗"。[2] 未来给予时代的考题是"乘势而上开启全面建设社会主义现代化国家新征程，向第二个百年奋斗目标进军"。[3]

这家从公社农机厂起步的上市钢琴公司乘着改革开放的春风，以陈海伦为代表，在最浓缩的时间段，爆发出强大的增长力，以几十年之功，完成了别的公司或许需要上百年才能完成的成就。

---

[1] 《人民日报》评论员：《把握重点任务加快构建新发展格局——论学习贯彻中央经济工作会议精神》，《人民日报》，2020年12月24日，第1版。
[2] 同上。
[3] 同上。

如今的海伦钢琴，已经稳坐国内钢琴品牌销售数量数一数二的交椅。

现在，摆在海伦钢琴面前的，从具体来说，是疫情带来的销售挑战。从长远来说，是中国制造业面临的困境和机遇。受到更好教育的一代消费者，更为开阔的国内市场，以及数字化带来的挑战和内部的交棒过程，民企二代的选择与前途，都考验着海伦钢琴过去的积累，也考验着它未来的发展。

陈海伦曾这样说过，不是所有的人都愿意以个人名字命名公司。"但我希望我个人的名字和每一件产品的信誉荣辱与共，不辜负时代给予我的机会。"

在陈海伦身上，我们看到了孕育民企奇迹的宁波北仑的故事，也看到了中国这一代乡镇企业家创造的传奇。2020年8月8日晚上8点整，老板来了——在天猫直播间，又是一个坐标原点。

我们从这个坐标原点开始，向过去，寻找原因，向未来，寻找信念。关于这个立志"让中国人了解中国制造"的企业家背后的问题，答案或许也会逐一浮现：

他为什么有这样的渴望？

他为什么有这样的志向？

他为什么有这样的思辨？

他为什么有这样的动力？

目　录

楔子　潮起潮涌催人奋进 …………………… 001
一、为什么叫海伦 ……………………………… 013
二、少年的步履 ………………………………… 023
三、乐器之王来到中国 ………………………… 031
四、浪潮的锻炼 ………………………………… 040
五、关帝庙的百年呼应 ………………………… 049
六、塔峙公社农机厂 …………………………… 057
七、模具之乡　隐形冠军 ……………………… 064
八、里程碑：成为厂长 ………………………… 070
九、到上海钢琴厂去 …………………………… 076
十、琴键背后的小五金 ………………………… 082
十一、巨鲸与小鱼 ……………………………… 088
十二、转折点：法兰克福 ……………………… 098

十三、码克，来自北仑！ ……………… 105

十四、铁三角 …………………………… 113

十五、携手文德隆 ……………………… 121

十六、中国的琴，自己的琴 …………… 130

十七、一碗鸡汤里的国际视野 ………… 136

十八、登上金色大厅 …………………… 147

十九、两个女孩背后的格局 …………… 154

二十、新一代掌门人 …………………… 163

二十一、拥抱未来 ……………………… 174

二十二、挑战与机遇 …………………… 183

楔子　潮起潮涌催人奋进

这辆车，太长了。

雨水不断落下，超过 5 米长的黑色车身，在浙江宁波北仑通向下三山的一条小巷子里艰难地转身。陈海伦答应我，带我去看看大海。

但出乎我意料的是，眼前的道路，竟然让我身边的老宁波迷路了——这也难怪吧，毕竟，北仑的发展变化太快了，一日千里的速度，竟然让陈海伦也有些惊讶。

要知道，他从未长时间离开过北仑。从他天天去的中国·海伦钢琴股份有限公司出发，到现在所在的位置，车不过开了十几分钟，连陈海伦都一路在惊呼。周边的道路又有了全新变化，路边有了新建筑，这刷新了人对方位的认知："要认不出了！"

多么神奇的"苟日新，日日新，又日新"的城市！这是浙江省宁波市东端的临海之城，处于中国大陆沿海的中段，当今中国经济最发达的长江三角洲南翼——全长252.7公里的甬台温高速公路的出发点，北仑大碶。

从这里下来，就是迎宾路，迎宾路的东端是创业路，创业路的南边是北仑客运总站。与迎宾路平行的进港路和长江路的交叉口，四角分列着宁波保税区广场、宁波保税区金融科技大厦、好望角大厦。路口往东北一些，就是宁波保税区进口商品市场，围绕这个市场，周边是国际发展大厦、创业大厦、兴农大厦、汇立大厦和一长串物流公司、仓储公司、贸易公司、报关公司。

中文的奇妙之处，是可以望文生义。即便你对这里的来龙去脉一无所知，也完全可以从这些路名和公司的名字——"迎宾""创业""好望角""国际""发展"猜出它们诞生的时代背景和背负的希望与使命：

1992年11月，经国务院批准设立，宁波保税区成为浙江省唯一的保税区，具有进出口加工、国际贸易、保税仓储、商品展示等功能。宁波保税区地处北仑港南侧。东有舟山群岛，西通往宁波市区，南接连台州，北濒杭州湾，同时又与上海隔海相望。十年后的2002年6月，国务院批准设立浙江宁波出口加工区，规划面积3平方千米。两区享有"免证、免税、保税"政策，实行"境内关外"运作方式，宁波也由此成为我国对外开放程度高、运作机制活、政策优惠的经济区域之一，也是中国大陆投资环境优越、功能完善的区域之一。

这意味着，变化，每天都在这个区域内发生。

三

迎接变化，是这片土地上最常见的不变。

宁波保税区1992年经国务院批准设立（规划面积2.3平方千米），宁波出口加工区2002年设立（规划面积3平方千米），并于2020年4月27日整合优化为宁波北仑港综合保税区，两区管委会实行"两块牌子、一套班子"。近年来相继获批获评国家进口贸易促进创新示范区、共有员工49928人、国家跨境电子商务综合试验区、浙江省外商投资新兴产业示范基地、浙江省"十佳"开放平台。目前全区集聚各类企业1万余家，其中外资企业340多家，投资总额约81亿美元。

2020年，全区实现生产总值201.8亿元、增长6.6%；财政收入73.3亿元、增长7.5%，其中一般公共预算收入35.6亿元、增长7.2%；外贸进出口首次突破1000亿元，达1252.1亿元，增长28.2%，其中出口371.9亿元，进口880.2亿元（全市第一），分别增长19.4%、32.3%；规上工业总产值374.7亿元，增长13.1%；限额以上商品销售额2297亿元、增长23.5%；跨境电商进口销售额208.2亿元、增长28.6%，规模连续四年居全国单个园区首位，占全市81.7%。2020年度全国综合保税区发展绩效评估中，宁波保税区在全省8个海关特殊监管区中发展绩效排名第1，全国134个特殊区域中排第11，评估分类等级为A。[1]

蒙蒙细雨中，保税区诸多大厦的玻璃幕墙闪闪发光，展示着这片年轻而充满活力的土地上正在上演的强劲发展势头。陈海伦带着我，开着车沿着迎宾路来来回回了两次。海应该就在

---

[1] http://www.nftz.gov.cn/art/2018/2/27/art_1229240511_46995394.html.

附近，但总也没有找到合适的转弯口。在陈海伦的记忆里，原先有好些旁边伸出的小巷子可以通往大海，但等他开近才发现，有的小巷子已经不存在了，有的被新建筑取而代之，或者已经封路，边上设置了告示牌，预示此地即将改造。路上车水马龙，略一抬头，处处可见宁波保税区港口的吊车忙碌搬运集装箱的场景，提示着海港的存在。

在暮春的细雨中，眼前的钢筋水泥和工程机械都是有自由意志的灵魂，如蓬勃的植物，葳蕤葱郁。我们来来回回开了几次，都没有顺利找到能开到大海边的路。陈海伦只好在雨中，在窄窄的路上开过去又倒回来，一把一把转方向盘。

路上不时有人投来目光，看着这辆车。我有点歉疚，毕竟今天的天气似乎不适合这趟怀旧之旅，况且雨也越下越大了。

"天气不好，要不就算了，我们改天再来找下三山吧！"我看着雨势说。

"那怎么行。说好带你来看一看的。"他带着决策者的决断口气说。

"要不要我用手机导航？"我问。"不用！我肯定认识。我怎么可能找不到呢。"他斩钉截铁，又解释说，"只是我自己好久没来这一片了。"

"有多久没有来了？"我问。

"差不多有十年了吧。"他说。

其实，这片临海的区域，距离他的公司也就几公里。

最后，陈海伦又尝试了一条新的路线，这一次，这条名为居北段的路没有封闭和在建的迹象，是畅通的。路的尽头隐隐传来波浪声。陈海伦之前在办公室、在厂区、在采访桌前和我说了无数遍的名字——下三山，北仑区北侧临海的一个小岛，终于在眼前了。

几乎是飞奔着扑过去一般，陈海伦沿着没有指示牌的道路开过去，开过铺满沙砾的路，开过一座名为红卫桥的小桥。车窗外的风景，三水汇流，有两座水闸在工作，空气里洋溢着陈海伦熟悉的海的味道。一到这里他就自如了，似乎可以凭着本能循味而至。我们上岛了。

上岛后，在一片平整的开阔地带，陈海伦停车，开门，然后几乎是跳着跑下车，跑向细雨中，也似乎是跑向时间轴上的过去——他伞也不撑，两手叉腰，远眺大海，用乡音浓重的普通话大声说："就是这里了，这里就是我当年围海塘的地方呀！"

手机导航显示，此刻我们所处的下三山小岛的近陆处是智辉砂厂，小岛的北端近海处是永红预提堆场。

环望四周，可以看见滨海的集装箱吊机在作业，近看，海边停泊着大小船只。路面上，一些大型集卡、一堆一堆小山式的砂石堆和停车场上的轿车，都静静地停在雨中。

雨水落下，落在车辆和船只上，落在环绕小岛的不断起伏的海浪上。

雨水，也落在这个高个男人头上、身上。陈海伦鬓角湿了，鼻梁上架着的眼镜片也沾了水滴，他白衬衫的肩膀处，也很快被雨打湿一片，但他毫不在意。他看着眼前的海，似乎与故友久别重逢，心潮澎湃。但我知道，他看着的并非眼前的海。他看着的，是他记忆中的海，此刻叉腰站在这里的，是少年陈海伦——甚至从某种意义上说，此刻我们脚下的一部分土地，曾经还不能站立，因为在陈海伦16岁时，这里很多地方还不是陆地，而是水的世界。

作为北仑最重要的水系之一，岩泰水系是大碶、新碶、霞浦三地的母亲河。据1994年出版的《镇海县水利志》记载，岩泰水系共有集雨面积157.5平方千米，其中山区88.81平方千米，平原68.69平方千米，全水系大小河流总长度277.6千米，河面面积4.2372平方千米。

宛若一条航道，岩泰水系穿过高楼、街角与乡野，在下三山，也就是此刻我们站立的地方，到达入海口。从水系的角度来说，下三山区域位于北仑区岩河、中河、东泰河、沙湾河四条城区主要排涝河道的末端，是岩泰水系重要排涝出口的所在地。

2020年，这里新建了下三山强排泵站，泵站设计排涝标准为20年一遇，防洪（潮）标准为100年一遇，与已投用的下三山二闸一同构筑起防汛排涝的防护线。小岛上，还有北仑附近唯一一座供奉妈祖的寺庙——天后宫。不论从文化的角度，还是从地理的意义上，这里都承载着守护这座滨海城市的重要意义。[1]

此刻，新建的泵站和16岁的陈海伦在此的奋斗，也有一种奇妙的呼应，都是人类用自己的智慧和勤劳改变山河模样的篇章。

---

[1] https://www.sohu.com/a/255491739_653431.

二

从 16 岁到 24 岁,整整 8 年时间,陈海伦几乎每天都来下三山围海造田。三水入海,百川东流,行至大陆尽头,坐看大海伊始。下三山饶有象征意味,见证着这个青年的命运,也见证着整个国家的转折。身处其中的人,没有想到,改革开放的春风即将吹来,这片土地上的一切生命轨迹将发生改变。

而在那一时一刻,陈海伦对自己的未来一无所知,只是像精卫鸟一样,用肉身扛来一块块石头,将其抛入海中,以此筑成海塘的地基。

那是 20 世纪 70 年代初,彼时的宁波人延续祖祖辈辈的传统,用围塘这种传统的方式向大海借地。可是受制于当时的科技水平,北仑要围海造田根本没有机械设备,这就意味着,筑塘全凭人力。所用的石材全部都是民工开山打炮采集而来,然后每 300 公斤石头装满一辆小推车,由民工从山边拉到海边,一路能靠的,只有手拉肩扛。等拉到海边,卸下石块,考验还在后面。

东海海面的天气变幻莫测,一天只有两次涨潮的时间,这就是民工可以抛石作业的时候。所谓抛石,就是人工拉石头上船,再把几十斤重的大石头抛入海中。一旦错过涨潮时间,就得等到第二天才能继续抛石。

就这样,民工们用两只手,一点一点,日积月累,终于用石头将海围起来,然后以此为基础,人工造成一个海塘,再将塘边的陆地整平。

整个工程,需要经历采石、拉石、抛石三个步骤。其中最苦的是拉石。还是青年的陈海伦在那8年里，主要的工作就是拉石。每天8小时，拉着重达300公斤的小推车，在崎岖不平的道路来回走上64千米左右，从山边拉到海边，饶是每次这么辛苦地拉，一天的工分也就值0.8元。

不涨潮的时候,陈海伦要到围起来的塘里挖淤泥。涨潮时，陈海伦还得把棉袄脱了，和工友们一起跳到海里去扔石头。

冬天，海水冰凉，海风刺骨，光是用手摸一下海水，手背都会变得通红。那时候的陈海伦是怎么忍受下来的？他是怎么做到跳入海中去向大海要地的？

在大海中，沉沦就是死亡，奋起就是生机，随波逐流就是不进则退，精卫填海就能创造未来。

"那时候多冷啊！"我问，也是感慨万千。"一点也不觉得呢，因为我们在干活，所以累得浑身冒汗。"陈海伦说。他想一想，又补充说："年轻时，根本不知道什么是冷，什么是苦，因为我小时候太穷了，长到16岁，能做民工赚钱，有宿舍住，有大米饭吃，已经觉得很开心了。"那样的环境里，吃苦耐劳是民工必须具备的素质。但小民工陈海伦从这段经历中得到的不仅仅是低头咬牙忍耐，还有更多。仅仅重复吃苦耐劳，只能把日子过下去，要把日子过好，却需要更多智慧。比如说，学会用仅有的收入理财。

一天工钱0.8元意味着什么？当时宁波地区最便宜的大红鹰香烟是0.13元一包。0.8元的工钱，只够辛苦的民工买几包香烟。但从某种意义上说,这是陈海伦第一次拥有属于自己的钱。

没有父母在身边教导，也没有朋友一起相互约束，他却一直自律，每月收入发下来，从不吃完用完，而是通过合理安排，把一点点钱的作用发挥到了极致。比如，为了节约饭钱，陈海伦和伙伴两个人合着吃一份菜，硬是在无法开源的情况下，通过节流，让自己在除去买肥皂、牙膏等日用品外，还能积攒下钱来。

也许从这当中，就初次展露了陈海伦的"钱商"。在智商和情商之外，这与生俱来的"钱商"，为陈海伦建立日后的"钢琴帝国"，奠定了草蛇灰线的第一步。

仅仅工作两年后，18岁的陈海伦就买下了一辆28寸的永久牌自行车。这是他给自己的成人礼。在当时，拥有这样一辆自行车，就如现在拥有高级轿车一样令人瞩目。当陈海伦快速踩着车蹬前行，除了感到风的爽利和满满的自豪，自行车带来的便捷，也为陈海伦争取了更多时间和朋友。后来的事实证明，海塘围得住大海，却没有困住陈海伦，他就是骑着这辆自行车，走出了更远的前程。

骑着28寸永久牌自行车的陈海伦，青春勃发，衣着简单，从下三山出发，进入塔崎公社农机厂，乘着改革开放的春风，一路驶入海伦钢琴厂，直至成为今日驾驶着长长黑色宾利的上市公司董事长。

物质的更迭升级，仅仅是我们观察事物的很浅的表征，背后发生的质变，更令人想深究其中的原因。在岁月和财富积累的背后，不禁让人思考，为何在无数的城市中，这座城市能在如此短的时间里，迅速发生这么多变化。而在这个传奇中，这个创业者参与创造了多少改变，他自己身上发生了多少改变，又有多少从未改变的部分？

此刻，在雨中，65岁的陈海伦叉腰看海的背影，和16岁农家少年陈海伦叉腰看海的背影重叠。而这两个背影，又和百年前勇于闯荡的宁波商帮的无数前辈的背影重叠。沧海桑田，不足以形容眼前的环境变化。桑田沧海，又是否足以形容人的内心感受？就是从眼前这片下三山开始，陈海伦作为一名普通的民工，手拉肩挑一块一块石头围塘造地。从这片他参与创造的土地，到白手起家创立起来的中国·海伦钢琴股份有限公司，其实也就20分钟左右车程。

这段车程，是地理上的距离，也是跨越时间的传奇。

100年的宁波商帮传统，余脉不断，薪火相传，引领着这片土地上男女老少几代人的生活轨迹。

40多年改革开放的岁月，激荡昂扬，传奇迭出，改变了一个个具体人物的悲欢离合和生命方向。

这时间和空间，就这么见证陈海伦从年轻到成熟，从懵懂到励志，从一无所有到名声大振。

这也是属于北仑故事的时间跨度。从昔日平平无奇的海滨之地，变成了赫赫有名的宁波保税区和宁波出口加工区，以及世界知名的模具王国和制造业重镇。雨后春笋般的大厦拔地而起，笔直崭新的马路和高速公路连通四方，将这里变成了老宁波也认不出来的新兴之地。

改革开放 40 多年以来，在这片土地上，充满了各种跨越时间、创造财富的故事。

"北仑是港口资源极为丰富的区域。岸坡陡峭，水深流顺，不冻不淤；南、北两条深水航道，可供超大型船舶自由进出。20 世纪 70 年代始开发北仑港，区域内已建成北仑港区、大榭港区、穿山港区和梅山港区 4 个港区。"[1]

居住在三面环海之地的北仑人，深知大海的富饶与残酷，壮美和无情，祖祖辈辈依海而居，大海教会他们敬畏谦卑，却从未教会他们驯服认命。

即便没有任何机械辅助，也敢于跳入海中，以精卫填海、壮心不已的劲头，向大海要地，向自然要地。就是这样一种不屈不挠的北仑精神，支撑着这里从一个名不见经传的小渔港成为今天的中国工业百强县区和第三批国家生态文明建设示范市县，也支持着一群面朝黄土背朝天的农民在短短一代人的时间里，就跻身优秀企业家行列，敢于挑战世界制造业的高峰。

这 40 多年发生了千万个故事，我们要讲述的，是浓缩到眼前这个创业者——陈海伦身上的故事，这个因为出生在北仑海边，所以以"海"为名的人。

他的故事，以及他用他的名字命名的钢琴公司的故事，和它们所见证的发生在这一片海边土地上的故事，是一篇篇值得书写的传奇。

---

[1] http://www.bl.gov.cn/art/2022/2/26/art_1229020307_43250093.html.

在这片海边，陈海伦在细雨中，借着海风，回头对我说："我不仅要让世界认可中国制造，更要让中国人认可中国制造！"

大海无边无际，海风猎猎，海浪声声。这潮起潮涌，催人奋进，也意味着大浪淘沙，能胜出者，唯有奋楫者先。岩河、中河、东泰河、沙湾河穿过北仑，四水汇聚入下三山，从这里呈海纳百川之势，汇入东海，也将无数北仑人的故事带入波澜壮阔的时代之海。

要不是为了让我这个非宁波籍创作者有个直观印象，才特意驱车带我来看一看他青年时代工作过的地方，不然即便久居宁波，陈海伦也不会想到再到下三山来走一走。对一个创业者来说，日常工作千头万绪，思恋过往并不是一件他们常常会做的事。但等到真的站在这里，陈海伦也不禁感慨万千，往事如烟云奔涌而来，因为这里，有他的初心。

我采访海伦钢琴的故事，也是从这一趟春雨中令人动容的怀旧之旅开始。

一、为什么叫海伦

浙江省宁波市北仑区大碶街道龙潭山路和甬江路的交叉口，坐落着中国·海伦钢琴股份有限公司。门牌号是北仑区龙潭山路 36 号。

从为公司取的名字中，可以一探创办者的心志。尤其对民营企业家来说，一般大家都会为自己的公司取一些朗朗上口、寓意美好，或者展现进取精神、渴望大展宏图的名字。但是海伦钢琴，简简单单，但又不简单，直接用了创办者的名字——海伦。

什么样的人会用自己的名字命名自己的公司？什么样的人敢于用自己的名字作为自己的招牌？带着这样的问题，我走进了公司。

在北仑龙潭山路 36 号，几幢办公楼彼此相连，呈 U 字形，门口竖立着宽阔的长条红色大理石，上面刻着公司的名字，气派非凡。

倘若从这里往东南眺，可见旗山、五岭山、石塔山、楼鼓山、黄庵山、太白山等苍翠的群峰。绿意盎然的山下，从望娘岗隧道向东，一路自田洋王特大桥到俞王高架桥，再到大碶特大桥，然后通向穿山疏港高速公路，高高升起的车道上，大小车辆来来往往，显示出这个改革开放前哨大港的繁忙。

似乎是为了特意展示这种繁忙，仅在龙潭山路和甬江路一个交叉口周边，大约一公里的范围内，一大批随着改革开放而新兴的企业——宁波创乾精密机械有限公司、宁波市北仑乳胶厂、宁波菲比儿童防护用品有限公司、宁波市北仑机械锻造厂、宁波市北仑海纳液压器材有限公司、宁波环亚机械制造有限公司、宁波拓普集团股份有限公司、宁波高林银箭机电有限公司、宁波禄腾精密机械有限公司、宁波锦唐金属材料有限公司……如璀璨星光，照亮这个区域。

一切都显示着，这里是一个如此蓬勃有生气的工业区。在第一次进入海伦钢琴股份有限公司的办公大楼前，在搜索网站上搜一下公司名称，最先跳出来的是它的股票代码：300329，简介是中国名牌产品 HAILUN 钢琴的生产企业，"是国家重点火炬计划实施高新技术企业、中国乐器协会副理事长单位、国家文化产业示范基地、国家文化出口重点企业"[1]。

眼前就是奇迹发生的地方：

谁能想到，仅仅十几年的时间，陈海伦就赤手空拳，打造

---

[1] https://www.hailunpiano.com.

出这样一个目前在国际上数一数二的钢琴制造企业。海伦钢琴制造的钢琴产品产销量位居世界前列。而这一系列傲人的成绩，是一个农家的苦孩子用一代人的时间奋斗所得。

这是怎样的神话！

让我们来看看海伦钢琴取得的成绩：海伦钢琴曾荣获"中国名牌产品"称号，商标成为受法律保护的"中国驰名商标"。

海伦钢琴在浙江省宁波市、辽宁省营口市、广东省韶关市等城市共拥有8个厂区，可以在不同气候条件下进行钢琴制造与仓储管控，从而保证品质稳定性。

海伦钢琴现拥有发明专利3项、实用新型专利58项、外观设计专利4项、智能钢琴软件著作权1项。

海伦钢琴制造的立式钢琴、三角钢琴在国际上已获广泛认可和好评，目前公司产品远销欧洲各国及美国、日本等地。全世界范围内代理经销海伦钢琴产品的琴行超过800家。其中，欧洲、北美有近300家，日本有40多家。2005年2月7日，中央电视台新闻联播报道中国海伦钢琴产品达到欧洲钢琴制造水平并进入欧洲主流市场，随后，奥地利格拉茨音乐学院、比利时布鲁塞尔皇家音乐学院、法国巴黎公立艺术学院、英国伦敦亨利·伍德大礼堂、维也纳音乐协会、维也纳音乐艺术家联盟相继使用海伦钢琴制造的产品。

海伦钢琴先后投入巨资，进口了全数控高科技钢琴制造专用设备和生产线，并聘请了维也纳的传承百年家族造琴技术经验的钢琴制作大师彼德·维莱茨基、美国钢琴工业研发设计大师乔治·弗兰克·爱姆森、奥地利整音与调音权威兹拉科维奇·斯宾、日本钢琴专家江间茂等专家来公司长期指导钢琴的组装、生产工艺，从而实现了现代高新科技与传统钢琴制造工艺的精湛结合。

2005年8月16日，在欧洲华人联盟举行的庆祝和平音乐会上，海伦钢琴制造的三角钢琴进入维也纳金色大厅。此前，中国制造的演奏钢琴尚未进入过维也纳金色大厅。随后，海伦钢琴的产品永驻金色大厅。2006年2月，丹麦王室选用海伦钢琴产品作为王室御用钢琴。

2006年至2007年，海伦钢琴接受全国乐器标准化中心委托，起草修订《钢琴》国家标准（GB/T 10159-2008），该标准于2009年开始实施。2007年8月8日，北京奥运会倒计时一周年庆典晚会在天安门广场举行，被誉为当代伟大摇滚钢琴家之一的瑞典钢琴家罗伯特·威尔斯用海伦红色九尺演奏会专用三角钢琴进行的演奏，成为晚会一大亮点。

2008年，海伦钢琴被选为北京奥运系列演出用琴。同年，海伦钢琴的产品在国际钢琴盲弹评比中获得欧洲权威音乐杂志《DIAPASON》六星推荐，此前中国钢琴品牌尚未在如此权威的钢琴评比中取得如此高的荣誉。同年，宁波海伦乐器制品有限公司被命名为国家文化产业示范基地。

从2009年开始，海伦钢琴多次被列入国家文化出口重点企业。

2010年1月，海伦钢琴被国家轻工业乐器质量监督检测中心确定为钢琴音乐性能鉴定的参照样琴。8月，第29届世界音乐教育大会在北京举行，海伦钢琴成为此次大会指定用琴。

2011年、2012年、2013年，在北美杂志《PIANO BUYER》主办的北美市场国际钢琴评比中，海伦钢琴连续三次入列"北美市场消费者使用钢琴"高档级别。

2012年6月，海伦钢琴在深圳证券交易所创业板挂牌上市。

海伦钢琴于2012年、2013年、2014年、2017年四次荣获美国MMR年度声学钢琴大奖，并于2015年荣获MMR终身成就奖，入列MMR"名琴堂"。在2012年海伦钢琴荣获MMR大奖之前，中国钢琴尚未取得过该荣誉。

2016年11月，由于海伦钢琴的创新性成绩，海伦钢琴创始人陈海伦先生与夫人金海芬女士在奥地利荣获"尚彼德奖"（又译"尚彼得奖""熊彼特奖"）。该奖项旨在表彰在经济政治领域具有开拓创新精神的杰出人物。新华社、中央电视台等媒体纷纷发布相关报道。

2019年，海伦钢琴与中央音乐学院就"中央音乐学院继续教育学院·海伦智能钢琴实验课室"项目签署合作协议书。该项目通过中央音乐学院名师研发的教材，对海伦公司在各地区的授权加盟商的授课教师进行师资培训与指导，将教学效果与艺术考级并轨，更有效地开展钢琴教学工作，开启艺术教育和钢琴教学的新时代。

精彩还在继续。成果簿上还在增加新的成绩，而这一切令人瞩目的荣誉始于1986年，创始人陈海伦启程创业。

从龙潭山路的公司大门往里走后右拐，U形院子的中间，竖立着一大块岩石，上面是手写的公司名称——中国海伦钢琴。这六个字，字体遒劲，正是陈海伦的手迹。这六个字的背后，矗立着六根旗杆，挂着数国国旗，中间最高的一面是中国国旗，迎风招展。这里才是贵宾往来，进出大堂的地方。

像所有的公司一样，大堂左侧的显赫位置，展示着各级领导视察公司时的留影。展示走廊上，用金色相框和红色底片纸衬托的照片，展示着公司历年来取得的成就。

大堂里处处可见钢琴黑白键元素的标志。相比大堂左侧所展示的过去的辉煌，大堂右侧的钢琴产品展示区，更寄托着对未来的期许。这里不仅展示着海伦制造的各款钢琴，还布置有音乐启蒙教育钢琴教室。办公区域的磨砂玻璃上，处处可见"HAILUN"的LOGO和一句英语"sounds of wonder"。

奇妙之声。

这里没有人演奏音乐，但的确有比音乐更奇妙的时代节奏，一今一昔，一呼一应，从这家民营钢琴公司身上，都可以清晰看见，清楚听见。

这里，也是我第一次见到陈海伦董事长的地方。董事长的办公室位于办公区域的最高层。这是一个套间，最外面是董事长秘书的办公室，走进去是一间会议室，里面布置了红木家具，可容纳十几人开会。越过博古架隔断，是董事长的会客厅，会客厅的一边是由一套太师椅沙发和茶几围绕而成的休息区，会客厅中间采光最好的地方是一套六人方形餐桌，兼作小型办公区域。会客厅的另一头是一面墙的书架，书架下放着一张长长的桌子，这才是董事长的办公桌。

这间房间的一侧，全部是明亮的大窗户，将公司东南方向的群山起伏，翁郁苍翠，尽收眼底。

这天，北仑区宣传系统的干部、海伦公司的职员和当地银行信贷部门的工作人员，三拨人轮流在董事长的会议室里落座。陈海伦衬衫外套着一件公司一线工人穿的绿色工装外套，不紧不慢地招待所有的客人，轮番回答下属来报备的问题、签署文件，又安排秘书倒茶。同时开展三四件事，但一切都井然有序，不显仓促，犹如一位钢琴家双手落在键盘上弹奏着。

陈海伦生于1955年，这一年正好65岁，处于孔子所言"六十而耳顺""七十而从心所欲不逾矩"的中点。作为一个愿意用自己的名字来命名企业的人，对他而言，海伦钢琴不仅仅是一份事业，也是灵魂的寄托。

人琴合一，海伦钢琴的故事，也是陈海伦本人的故事。

也是在董事长的这间办公室，陈海伦带我俯瞰整个公司及装配车间的全景，并指着楼下岩石上由他亲书的公司名称，自豪地向我介绍："想不到吧，这是一个才读了四年书的人写的字。但我相信，世上无难事，只怕有心人。"

"我一无所有从零做起。"

"我是农家的孩子，在参与制造钢琴之前，从来没有听过一次钢琴演奏。但世界上做事的方法是相通的。当我开始制作钢琴时，我想的不仅仅是给自己赚点钱，而是希望让大家看一看中国制造的水平。"

"所以你可以想象吗,当2005年海伦牌钢琴进入维也纳金色大厅,获得永驻权,我在维也纳有多么高兴。维也纳金色大厅被誉为国际'音乐圣殿',每年邀请世界著名音乐家和乐团在此演奏。那天,奥地利副总理苏珊女士称赞道:'中国制造的钢琴已与世界顶级钢琴品牌平起平坐了。'"

"那一年《人民日报》报道我们的成绩,标题是《金色大厅奏响"宁波创造"》,这或许才是我所追求和努力的目标。让世界了解中国制造的能力。"

这四句话,奠定了我们所有谈话的基调。

陈海伦为企业定下的愿景是:成为闪耀世界的中国钢琴品牌。

陈海伦为企业定下的使命是:中国琴,中国心,创世界品牌,立百年海伦。

一个中国人,能否制造出优秀的西洋乐器?一个没有受过系统音乐训练的农家儿,能否制造出享誉世界的钢琴?陈海伦已经用他的成绩回答了这两个问题。

那么,他究竟是如何回答的呢?陈海伦答应带我到海伦钢琴的车间走一走。从管理层所在的办公区域下楼,就能进入装配车间。我第一次走进车间,眼睛还没有适应这里的光线,只觉得一阵扑鼻的木材香味先传了过来。制造钢琴需要的木材,在厂房里散发清香,海伦的几家分工厂已经准备好的零件、琴弦,有序地码放在各自位置上。我们穿过静止房、调音房、键盘组装区、内部初整区、震奏房……工人们训练有素地在各自的岗位上忙碌着。等到陈海伦走近时，有工人抬起头来，才发现董事长到了，手里的活不停，而是扬起脸来笑着打招呼。

有的说："老板，我跟了你十几年了。"有的说："老板，我们夫妻俩都在这里上班。"有的说："老板，我家女儿也开始学钢琴了。"陈海伦和他们打招呼、拉家常，问候对方及其家人。从工人们看到他亲切的样子，可以想象这位创始人平时对待一线工人的态度。

"嘿，我也是工人出身的嘛。"陈海伦说，"从围海塘出来后，我进农机厂，然后做模具，一直以来，我都是农民的孩子。"他一边说一边掂起一个零件，"这些模具我可都能做呢。"

在厂区里，在墙壁和楼梯间的标语上，处处可见陈海伦的思想火花。

陈海伦为企业定下的核心价值是：诚信、创新、服务。

陈海伦为企业定下的文化核心是：营销上重合同、守信誉，一诺千金；生产中保质保量、准时交货，一丝不苟；服务时顾客至上、热情真诚，一如既往；员工间诚信在身边，从我做起。

海伦钢琴的企业精神是：团结拼搏、开拓务实、服务用户、科技进步。管理方针是：铸就海伦精品、创建国际品牌、和谐自然环境、确保安全监控、遵守法律法规、实现持续发展。

在海伦钢琴的装配车间，当我第一次面对裸露在我面前的钢琴内部时，我不禁想：演奏者弹奏的力量转换为打击琴弦的系统，是否也如大时代中个人的命运敲击着所处环境的背景。

"我的名字和爱国之心与中国钢琴事业的荣辱紧密相连。我个人的信誉融入每一台海伦钢琴的品质中。"

这就是陈海伦用自己的名字来命名公司的初衷,也是他奋斗一生的初心。

一个农民工转身成为工匠,最后成为世界上数一数二的钢琴制造公司老板,这个故事,不仅仅关乎财富。在采访中,陈海伦几次说到爱国心。

这或许是我们理解一个成功者的基础,也是理解海伦钢琴数次超越传奇的基础:为何一位企业家不是把盈利,而是把这份为国争光的荣誉看得这样重。

二、少年的步履

1955 年,陈海伦出生。

此时,未来他所考虑的国家荣誉,对他和他的父母以及他所有的亲友邻里来说,都是个过于宏大而遥远的命题。忙于生计的大碶人被琐碎的生活按住,每天睁开眼睛不得不先解决温饱问题。包括这个刚刚出生的婴儿,命运给他的见面礼,是贫穷。

当他在如今被称为北仑区的大碶东咅村出生时,当时的北仑,还是一个只有 18 万人口的海边小县城。人们大多以务农或者捕鱼为生,出行都是土路。当时的大碶属于镇海县,但位于镇海最东边,让这里的人觉得他们离县城很远。不要说在物理距离上觉得离省会杭州很远,就连镇海城关镇,大部分人也因为几乎从来不去而觉得陌生。

陈海伦生活的大碶,地属大碶—柴桥平原,西南有灵峰山脉绵延,南部塔峙片为山区,其山川属天台山余脉,其中太白山主峰海拔 635 米，为北仑区内最高峰。这一片区域，记录了此地的地质形成过程。

现在即便是土生土长的北仑年轻人，恐怕也难以想象，从某种意义上说，北仑的历史就是围垦海塘的历史。

过去，海塘阻挡了海水对海岸的冲击，保护了耕田，却无法阻止咸潮沿着入海河道倒灌进淡水河。咸潮回流，河水含盐量上升，就无法用于灌溉和饮用，一旦咸潮漫到耕田中，就会造成农作物减产甚至颗粒无收，沿岸的田地也会被毁坏。为了克服这些困难，勤劳智慧的古代浙东人民建起了碶和堰来阻咸蓄淡。

所以，碶，其实就是浙东地区对水闸的一种较为特殊的叫法。按照水闸的功能分类，碶应是挡潮闸。"为了挡潮、御卤、排水、蓄淡，在河口附近所建的水闸称为挡潮闸。涨潮时关闸不使海水沿河上溯，退潮时开闸泄水。"[1] 按照一些地方学者的解释，碶"都与桥相连，一般是在桥的墩台之前或中间竖立一根石柱，植入河床，石柱中间凿长槽，一边石柱的槽与另一边两两相对，用宽约二十公分的长条木板'碶门板'，顺着石槽一块块插下去，就成了一道闸门。雨季的时候，雨水充足，咸潮不会倒灌，就拔去碶板。旱季的时候就插下碶板，挡住咸潮蓄住淡水。用小块碶板拼成的闸门，在水位有高差时，碶板单向受到水的压力，不会浮起，一旦当内外水位一致时，碶板就会浮起来，而且单道的碶板难以承受大的压力，所以石槽必须

---

[1] 洪锡范：《镇海县志》，1931 年版。

要有两道，碶板也要插两道，两道碶板之间填实泥土，木板就不会浮起了。填实泥土后，碶板就变成一堵整体的泥芯木面厚墙了，格外的厚重稳固，就算水位高差再大，即使是单面有水，也能承受住水压而不变形"[1]。从这段描述也可得知，碶既有雨季排洪的功能，又有旱季蓄淡的功能，同时还有桥梁的通行作用。

北仑的碶属于比较小型的水闸，其本身没有设通航孔和船闸。闸门两边，一边是海水，一边是淡水。闸门建成之后，阻咸蓄淡，利于农业生产和万物生长，在海边孕育出一块人烟密集之地。这也正是大碶的形成方式。

陈海伦生活的东岙村，村名中有一个岙字，字音 ào，繁体字写作"嶴"，指山间平地。

北仑区三面环海，境内多丘陵，山丘岩基主要由凝灰岩和流纹岩组成，按习惯统称为山，大小不下千座。这些山排列复杂，有的前后左右耸峙，有的峰峦相连，还有的缠绵相交，形成岭、岐与岙。

如今，北仑区的十一个街道都有岙：戚家山街道有大岙山，小港街道有姚墅岙、剡岙、岙门里，新碶街道有大岙、千亩岙，大碶街道有新路岙、塔峙岙、城湾岙，霞浦街道有朱家岙、大岙里，柴桥街道有吉祥岙、洪岙、嘞西岙，白峰街道有马盘岙、戴家岙、太平岙，郭巨街道有紫微岙、盛岙、双岙、洋涨岙，

---

[1] 孙唤，陈一鸣：《保农田灌溉 护一方安全——北仑地区的海塘（下）》，载《北仑新区时刊》2018 年 11 月 6 日，第 6 版。

春晓街道有上周岙、林师岙、慈岙、三山岙，梅山街道有苔岙、外岙、里岙，大榭街道有北岙、西岙、东岙等，举不胜举。[1]

陈海伦出生的东岙村不像大碶乌石岙有漂亮的寺庙，也不像大榭东岙有波澜壮阔的抗战故事，更没有大榭北岙悠久丰富的文物历史。在陈海伦出生时，这里只是一个平平无奇的小村子。

举目四望，村里几乎家家户户、世世代代以务农为生，大家比邻而居，都住在自家建的小平房里。依山傍海的地理条件，放在今天，作为旅游场所，或许是个风景优美的胜地，会成为小资游客不错的选择。但对于依赖水利灌溉的农家来说，滨海，意味着容易受到海潮影响和台风侵袭，并不利于耕种。

曾经在鄞县担任县令的北宋著名政治家、文学家、思想家、改革家王安石，很早就在《鄞县经游记》一文中记载了他到大碶的经历："庆历七年十一月丁丑，余自县出，属民使浚渠川，至万灵乡之左界，宿慈福院。戊寅，升鸡山，观碶工凿石，遂入育王山，宿广利寺，雨，不克东。辛巳，下灵岩，浮石湫之壑以望海，而谋作斗门于海滨，宿灵岩之旌教院。癸未，至芦江，临决渠之口，转以入于瑞岩之开善院，遂宿。甲申，游天童山，宿景德寺。"如何利用地势防止海潮侵蚀，如何兴修水利灌溉耕种，这两个主题贯穿了居住在大碶这个滨海之地的人们生活中的大部分历史。

20世纪50年代的大碶农家，虽然绝对不算穷乡僻壤、三

---

[1] 许建达：《漫说北仑地名岙、门、塘》，载《北仑新区时刊》2019年5月14日，第6版。

餐难继,但家庭生活也不富裕。作为农民的孩子,每天吃的不过是米饭、白菜帮子之类的菜和咸菜,说到未来,能为自己想到的出路,无非是种地或者出海。

这一年在宁波生活,是一种怎样的情景呢?

在1955年7月1日《人民日报》第三版,能找到为迎接第一届全国人民代表大会第二次会议,全国人民代表大会代表在各地视察之后所写的文章,其中一篇是全国人大代表梁希撰写的《我视察了浙江省宁波专区》。作者当时到宁波专区[1],视察了三个县、九个乡,从他的文中,可以看到当时宁波的生产生活状况。

"浙江农林事业发展了。首先,一路荒山起了变化,长出绿油油的幼林来……浙江全省油菜丰收,大麦和小麦的产量都比去年增加了。蚕茧产量占浙江产量百分之四十七的嘉兴专区,今年每张蚕种产量比去年提高了百分之十六。占浙江棉花产量百分之五十三的慈溪县,德字棉已改为柯字棉,又改为岱字棉;因此,全县每亩平均皮棉产量逐年增加,一九五一到一九五四年这四年,每亩产量分别为三十五、四十三、四十四、五十三斤。而五洞闸集体农庄去年更提高到每亩产皮棉八十斤,且质量也有提高。水稻耕作制度在逐年改良,单季稻改成双季稻,又改为连作稻。因此,单位产量也逐年增加。以绍兴为例,一九五〇到一九五四年这五年,每年每亩平均产量,分别为四百、四百八十、五百三十、五百五十五、五百八十二斤。"

---

[1] 其时属宁波专区的管辖范围。

随着新中国的成立，社会秩序逐步稳定，国家经济快速发展，大碶农民和渔民的生活得到很大的改善。1949年，浙江宁波军管会交通处就积极赶修宁波至镇海、宁波至穿山及镇海至大碶头等段公路。1955年12月，杭甬铁路也快要修到宁波了。这条铁路于1953年开始从杭州萧山修起，中途经过萧山、绍兴、余姚、慈溪，于1955年底修到余姚江岸。杭甬铁路在萧山与浙赣铁路连接，在杭州与沪杭铁路衔接。铁路沿线人烟稠密，来往旅客很多。当时，杭州到慈溪之间已经开办客货运临时营业。

便利的交通，打开了通往世界的大门，也为世代不能出门务工，只能在老家务农或者捕鱼的北仑人带来了更多机遇。

陈海伦的祖上世代务农，到了陈海伦父亲这一辈，全家除了务农，还开了一家小砖窑厂，但效益不好，收入不过勉强维持家用。

家里的房子是泥土垒的墙，瓦片盖的顶，非常简单，并不比邻居更富裕或者更糟糕，唯一让陈海伦觉得心里空落落的，是8岁这年就失去了母亲。

母亲留下四个子女，分别是大哥陈海富、二哥陈海胜、姐姐陈海月，还有最小的陈海伦。兄弟姐妹的名字里都有"海"字，是因为傍海而生。陈海伦的名字，更是因为"生在海边的一个人"。在宁波方言里，"伦"与"人"发音相似。

在海边长大的哥哥姐姐们，从小机灵，一读书，就更显示出聪明的基因。当时宁波地区中小学教育开展的状况是怎么样

二

的呢？

相比新中国成立前只有士绅家庭和殷实人家才能让孩子读书，新中国成立后普通人家的孩子也有了上学读书的机会。《解放日报》1950年的报道显示，相比新中国成立前，宁波地区各县学校人数已经大为增加，如大碶全区各小学人数，"据不完全统计，较上学期平均增加百分之七十至一倍以上，私立养正小学上学期人数为一百三十九人，本学期已达二百十二名。县立灵山小学、大碶小学人数均较上学期增加一倍半。而公立高塘小学上学期人数一百九十三名，本学期突增至四百六十五名。"[1]

陈家的孩子虽然托时代之福得以读书，但哥哥姐姐由于家境所限，均未能深造。陈海伦从小也头脑聪颖。和同龄人一起玩耍时，他总能赢过别人。和朋友们一起比赛识字或者算数，陈海伦总是胜出。他叠的纸飞机，总是飞得最远的。他和大家一起抽陀螺，他的陀螺总是转得最久的。一旦赢了小伙伴，报酬就是让小伙伴为他割一筐草。

"这个小顽交关慧（这孩子非常聪明）。"陈海伦的头脑，博得邻里交口称赞，可他却不能在知识的海洋里畅游。

由于少小失去母亲的庇护，大哥海富为了减轻家庭负担，早早结束学业，外出参军。二哥海胜和姐姐海月没读几年书，也回家挑起重担，照料小海伦长大，一家人起早摸黑，下地干活，回家还要去砖窑厂帮忙。刚开始上学那几年，每晚陈海伦

---

[1] 萧容，杨少：《宁波名校学生大增，部分失业教师工作亦获解决》，载《解放日报》1950年9月12日。

放学回家，还要下地割草、喂养家里的兔子和猪。如果条件允许，或是生在大城市里的殷实人家，陈海伦或许能顺利读完书，成为一名高才生。可现实是，清贫的家境，让他只读了四年书，还没上五年级，就辍学了。

当踩着田埂和草地，目睹乡邻锄地干活的场景时，陈海伦或许还没意识到，他的脚步，和一个世纪前从这里走出去到上海闯荡并成为第一代钢琴制造者的前辈老乡的脚步重叠。

他或许也真的没有料到，流淌在北仑的制造钢琴的基因，潜伏在他正在割草的小手里。

陈海伦的人生，用现在的话说，开启的是艰难模式。但好在逆境之中，一家人互相扶持，感情相当和睦。每每大哥回家休假，说起在外的见闻，陈海伦总是向往地倾听着。

他觉得总有什么别的在等着自己，虽然不清楚未来的道路，但隐隐觉得，自己不会永远被困在家里，不会永远没书读，不会永远在割兔子和猪要吃的草。

他一个人的时候，拿着为自己在小伙伴里赢得称赞的纸飞机，一口气跑上山顶，乘着风放手。

"咻——"纸飞机直冲云霄，飞向天际。好风凭借力，送我上青云。山岙里的这个男孩等待的，也是属于他生命的东风。

北仑的山，北仑的水，围绕北仑的海塘，决定了这个男孩的第一步也要延续先辈的道路，从围海造田开始。但时代酝酿的改革开放的春风，让他从世世代代被束缚的自然环境中挣脱出来，让他触摸到更广阔的舞台。

三、乐器之王来到中国

其作始也简,其将毕也必巨。

这句话的意思是一个事物开始时单纯细微,临近结束时变得纷繁巨大。引申为任何具有远大前程的事业,尽管在初创之时微不足道,等到将要完成的时候一定会发展得非常巨大。

1955年,在北仑,摆在刚刚出生的陈海伦面前的,是一个艰难的童年。

时间回到钢琴诞生的那一年。对于初生的乐器来说,摆在它前面的,是一段漫长的旅程。毕竟钢琴要面对的人类世界里,有许许多多乐器先于它存在了。它能成为乐器之王吗?或者第一步应该问的是,它能在这里拥有自己的一席之地吗?远在欧洲的钢琴,又是如何与北仑的农家子弟产生联系的呢?

钢琴的英文piano来自意大利文,从字面上讲,就是音乐声强弱的意思。它从扬琴上继承了弦和槌,又从羽管键琴和古钢琴上沿袭了键盘。

作家西普曼在《乐器之王：钢琴》中这样写道："钢琴，从1709年在意大利问世算起，现代钢琴已经陪伴人类近300年。几百年来，它被不断地整容。于是，展示在我们眼前的钢琴，时而平躺着，时而又竖立起来；时而方形，时而又变成了翼型；它还曾经和书写台、床甚至缝纫机组合在一起，在折腾了100多年后，它才算基本定了型。这是一个不肯过气的明星。不论是华贵、庄严的巴洛克风格，还是雄伟、奇跋的古典主义；不论是奔放、突显个性的浪漫之声，还是摒弃传统、追求光与色彩的印象派潮流，钢琴全部胜任。它引发过商业竞争，制造音乐大师之间的决斗；19世纪后半叶，它甚至让全世界都走火入魔般迷恋上了它。它还造就了一批旷世大师，但也使人误入歧途。它是新颖的音乐形式诞生的摇篮，是娱乐大众的道具，也是'钢琴凶手'李斯特'谋杀'听众的'凶器'。所有的音乐家都向它顶礼膜拜，没有钢琴的音乐史是不可想象的。"

对北仑的农家小子来说，不论是莫扎特、海顿，还是贝多芬，又或者是舒伯特、舒曼、门德尔松和勃拉姆斯，都是陌生的。钢琴从平躺的到竖式的，对陈海伦来说，也是闻所未闻。这些如今可能一个普通的少年都烂熟于心的人类艺术史上熠熠闪光的名字，对当时年轻的陈海伦而言，都是遥远如星辰一般的名字。

陈海伦年轻时，不要说听过这些大师的音乐，连钢琴都没有见过。他最大的心愿，不过是离开海边，进入工厂，成为一名真正的工人。比起吸收人类文化艺术殿堂的精髓，进入工厂的车间，提升生活质量是更现实更真切的。

但是，在千万里之外，在数百年之前，一个同样在工作坊面对机械的青年，却和陈海伦产生了千丝万缕的联系。这个在佛罗伦萨乌菲齐车间里的青年，和陈海伦进入车间后的经历是相似的，或者说，根本就是相同的——他们在制造钢琴。

在钢琴的制造历史上，这个18世纪的意大利人，巴托罗密欧·克里斯多佛利正是钢琴的创造者。

他和陈海伦一样，面对的不是辉煌的演奏厅，也不是美妙的音符旋律，而是光线不佳的工作坊，是看起来略显枯燥的钉子和木料，锤子和油漆。但就是在这个看上去好像和艺术毫不搭界的工作坊里，钢琴诞生了。也正是从18世纪的巴托罗密欧·克里斯多佛利的手里，一根线，穿过时间和空间，系住了陈海伦的手。

在《牛津简明音乐词典（第四版）》和《走进"乐器之王"——浅谈键盘乐器的历史演变》中关于钢琴的历史资料显示，巴托罗密欧·克里斯多佛利在位于佛罗伦萨乌菲齐的车间内对钢琴进行改造创新,通过敲击键盘的力度改变声音的强度。为此，他采用了包有皮革的小槌，通过击弦机敲击琴弦，代替过去拨弦古钢琴上用动物羽管拨动琴弦发音的机械装置，从而使琴声更富有表现力，声音层次更丰富，并能通过手指触键来直接控制声音的变化。新构造的钢琴最初命名的字面意思即：有强弱音的羽管键琴，后来简略为强和弱。

克里斯多佛利在费迪南多王子与美第奇家族的帮助下,在佛罗伦萨成立钢琴厂。

1709年后,克里斯多佛利进一步完善了原来击弦机的结构,他在这部机械中安装了一种与现代击弦机的复震杠杆系统近乎一致的起动杠杆,使击弦速度比原来快了10倍,而且可以快速连续弹奏,音域也增加为4组,这就是现代钢琴的雏形。[1]

而在近三个世纪之后,在中国,海伦公司的定位孔工艺、定位模板、中盘框架结构、自动擦弦机等四项专利和音准稳定性技术构成海伦钢琴五大技术优势。

从钢琴制造者而不是钢琴演奏者的角度看,恐怕巴托罗密欧·克里斯多佛利也会拍着陈海伦的肩膀,称其为同行。他们都不是艺术家,他们都是工匠,制造钢琴的工匠,面对的难题和挑战有着许多相似性。

钢琴在一代代钢琴制造者手里传递、加工、完善,终于成为乐器里体积最大的乐器,是古往今来人们所拥有的乐器中音域最宽,也是内部结构极为复杂的乐器。但倘若没有之后中外文化的交流,这种乐器之王,或许也只是欧洲人自己演奏的乐器而已。

它是怎么漂洋过海来到中国,进入上海,又从上海辐射影响到宁波的呢?

---

[1] 王大立:《钢琴艺术之路——钢琴进阶全方位导航》,广州:花城出版社,2009年版。

1709年，意大利人巴托罗密欧·克里斯多佛利在他完工的钢琴上奏响第一个音符时，中国正处于康熙四十八年。这一年1月，圆明园在京城西郊动工兴建。此时由于交通所限，东西方文明互相隔阂，虽然康熙皇帝知道欧洲文明的存在，也仅仅是秉持着遥遥赏玩的态度，这种态度可以从康熙皇帝在圆明园内兴建的西式建筑——西洋楼中得悉一二。这是一幢用白石砌成，精细雕刻的房子，房顶则用中国所特有的琉璃瓦铺盖。西方文明对康熙皇帝来说，不是敌人，不是对手，不是同伴，只是一种可供赏玩的异域风情。

此时的中国，奉行"闭关锁国"政策，其视野是对内的。而此时，欧洲的视野已经放眼全球。在经历15世纪到17世纪的地理大发现后，欧洲的船队已经出现在世界各处的海洋上，扬帆远航，野心勃勃，寻找着新的贸易路线和贸易伙伴，高速发展欧洲的资本主义。也正是在1709年2月12日，一位英国航海家把塞尔柯克救离了海岛，塞尔柯克回到苏格兰后，经常在酒店里向人们讲述他不平凡的经历。后来，作家笛福就根据他的故事写成了《鲁滨孙漂流记》。[1]

宛如草蛇灰线，伏脉千里，从1709年两种截然不同的文化视角，或许就能看到，雄心勃勃的西方世界在1840年用鸦片让中国打开国门，是不可避免的。鸦片战争，意味着中国小农经济开始解体，标志着中国近代史的开端。这划时代的事件

---

[1] 程建锋等：《英国经典小说的艺术手法研究》，呼和浩特：内蒙古人民出版社，2012年版。

衍生的无数巨变之一，是西方文明踏上了中国这片神秘的土地。

咸丰九年（1859），天主教徒郭连城乘船去欧洲，他的《西游笔略》记述他在船上见到"英国商妇弹洋琴者，其琴名曰必亚诺……连弹三曲，客必鼓掌称善"。这是中国文献中最早提到钢琴的英文"piano"。（另据史料记载，明朝万历十一年，即1583年，意大利传教士利玛窦献给肇庆天主教堂一架"哈普希卡"古钢琴，可谓迄今为止第一次见载国内史料的钢琴记录。但此古钢琴与本文所叙述的现代意义上的钢琴不同。）

同治五年（1866）农历二月初四，张德彝途经上海，去永伯里英华书屋拜访印刷家姜辟理（音译），曾听姜氏的妹妹"拨弄"洋琴。张德彝描述为"琴大如箱，音忽洪亮，忽细小，参差错落，颇举可听"。[1]

张德彝（1847—1918），又名张德明，字在初，一字俊峰，祖籍盛京铁岭（在今辽宁省铁岭市域），清初编入汉军镶黄旗，是同文馆的学生，会外语。1868年2月，驻华公使蒲安臣带领"中国使团"出访欧美，他也随行。在中外交流大门甫开的时代，他一生八次出国，在国外度过了二十七个年头。每次出国，他都写下详细的日记，依次成辑《航海述奇》《再述奇》《三述奇》《四述奇》直至《八述奇》，共约两百万字。

张德彝记录的姜辟理，是一位美国长老会传教士，生于爱尔兰，后迁居美国。1858年奉派来华，在宁波主持华花圣

---

[1] 唐诗明：《张德彝：向西方文化学习的先行者》，载《文史杂志》2010年第1期。

经书房,后把书房印刷所改名为美华书馆,并于1860年迁至上海。1869年任美华书馆主任,曾发明以电镀法按点数标准制作的七种大小中文字模,可和西文配套,用于排印中西文夹用的印刷品。

姜氏的妹妹"拨弄"的洋琴,无疑是一架钢琴。同治十三年(1874)农历二月廿一日《申报》云:"英国当今弹琴上最著名妇女为亚拉伯拉可大者"来沪演出,即日在西人戏院开张演技数日。这意味着当时已有海外著名钢琴家在沪献艺。作为中国人第一次看到钢琴是什么感觉,我们已经没有机会再问过去的人了。但是陈海伦第一次看到钢琴是什么感觉?他笑着想了想,过了好一会儿,意味深长地说:"好听!"

似乎除此之外,再也找不到更合适的形容词。

新中国成立前,宁波地区只有教堂和几所教会学校有钢琴,私人家庭拥有钢琴的寥寥无几。宁波地方资料显示,在陈海伦出生的20世纪50年代,宁波地区的钢琴演奏活动一只手都数得过来:1951年,宁波市音乐教师音乐会在江北城中堂举行。会上,吴珏与王韵琴四手联弹。1956年11月,宁波江东中心小学五年级学生戴杭杰在宁波市人民大会堂表演钢琴独奏。这是第一次在宁波的公开场合演奏钢琴。

在"文革"期间,虽然钢琴演出被限制,但是吴珏的学生范盈庄做过一件让经历过此事的宁波人都不会忘记的事:当宁波市工人俱乐部宣传队把钢琴搬上汽车在全城巡回展示时,范盈庄坐在汽车上,弹奏着被改编成钢琴曲的《红灯记》,一路弹到余姚、奉化、宁海,"让钢琴戴罪立功"。当时可谓万人空巷。

但这些都是在宁波城区发生的故事。此时,对农家长大的孩子来说,钢琴还是非常遥远的事物。钢琴的魅力也好,钢琴的"原罪"也好,都与己无关。住在房间里的居民和造房子的工人,看待建筑的角度完全不同。弹奏钢琴的人和制造钢琴的人,看待这个大型设备的心情也不同。

当时光进入 20 世纪 80 年代,在上海钢琴公司,青年工人陈海伦小心翼翼地把手指放在琴键上,然后按下去,那时的他是一身土里土气的乡镇企业家装扮,头发丝里还有五金加工厂的金属粉末。

出乎意料的是,音乐如阳光一样穿透云层,照亮了他的脸,就好像钢琴一直以来照亮每一个弹奏乐曲的人的脸那样。

音乐,是无国界的语言,不需要翻译,直抵人的内心深处。这一刻,钢琴的声音联通时空,是工作坊里的意大利青年工人在对陈海伦说话,也是第一次接触钢琴的中国匠人在对陈海伦回眸微笑。

从 300 年前钢琴诞生,到 1843 年和 1844 年上海与宁波相继开埠,从西方的皇室献艺到中国剧场里音符回荡,从遥远的佛罗伦萨的工作坊到北仑滨海之城里的工厂,从一块木头到最后的琴键……跨过千山万水的物理空间,穿越漫长的时间轴线,意大利人巴托罗密欧·克里斯多佛利一定不会想到,他所发明的乐器,有一天,会在遥远的中国宁波北仑,被成批制作出来。

从同治五年（1866）农历二月初四张德彝途经上海，去永伯里英华书屋拜访印刷家姜辟理，听姜氏的妹妹弹钢琴那天算起，大约 90 年之后，陈海伦出生了。

四、浪潮的锻炼

虽然聪明伶俐，但由于家境所限，只读了4年书的陈海伦不得不面临辍学。16岁时，他在亲友的介绍下，来到离家不远的下三山，成为一名围海造田的农民工。

20世纪70年代初，北仑还是一个农业区，即便是围塘造田这样的重大工程，也几乎没有任何机械设备，所有的过程，都需要人力完成：人力用炸药开山采石，人力将碎石收集装入推车，人力推起每辆载重达300公斤的推车，人力将推车从山边拉到海边过磅，饭后，人力将石块从推车卸下，然后推测一天两次涨潮的时间，最后人力将石头搬运到船上，再开船到适当地点进行人力抛石作业，如此，慢慢围起一个水塘。

像传说中一次次衔着小石块，矢志不移、坚韧不拔的精卫鸟一样，世世代代的北仑人用最传统的方式，与自然博弈，向海洋要地。

二

等到农民工们千辛万苦终于用石头将海面围起来后,再以此为基础,靠着人力填起一片海塘,通过投石填土的方式,将塘内的陆地平整,造为陆地。

整个工程,需要采石、拉石、抛石、填塘几个步骤。其中最苦的是拉石。

北仑新闻网2015年刊登的一篇新闻报道《老人们回忆算山塘围筑过程》中写到了北仑高塘算山塘围海造田的场景,介绍了陈海伦围海造田时要经历的类似的拉石过程:"首先,是要打石头,要用钢钎打炮眼,成立炮工组、化石组以及淬锤子的淬火组。在有限的机械设备之下,炮眼是靠人力一锤锤敲打出来的,那个锤子很特殊,是毛竹柄的,很难控制。炮眼打到一定深度,装上雷管和炸药。起爆后,轰下来的大石块由化石工用专门的工具——俗称'铁麻雀'的小锤子将它们敲击成小石块。虽说称为小石块,每块至少也有300斤。采石一周后开始抛石,山在海边,船就停在海边。起初用船把这些石头倒到海里去,后来随着工程的进展,用手拉车把石头拉往塘口,再一车车倒到海里去,这称为抛石。就是先用长竹竿在海涂里标出海塘的线路,在水泥船上铺上木板,把石块抬到船上,趁潮水涨到最高潮位时,工人将装着石块的船,撑到插着长竹竿的位置,用双手把石块推下海,一时水花四溅,咸水溅到脸上,冷飕飕咸辣辣的。"

从16岁开始,青年陈海伦在8年时间里,主要的工作就是充当拉石民工。每天8小时,拉着重达300公斤的小推车,在崎岖不平的道路上走上 64 公里左右，从山边拉到海边。饶是一趟趟这么辛苦地拉，一天的工分也就值 0.8 元。

这样的劳动强度和辛苦程度，是由北仑的自然环境造成的。

"北仑古为海濡之地，是一个向大海要土地的地方。根据地质学家和考古学家的研究，七千年前北仑地域是一片大海，只有两条山梁露在海面。一条在西南边，由太白山向东到峙头入海的天台山脉；一条是折向东北的长山山脉（灵峰山）。距今六七千年的'卷转虫海侵'的鼎盛时期，北仑海岸线基本就是现在的山麓线。'海退'开始后，平地才逐渐露出，起先也只是盐碱沼泽，经过千年的洪水冲积和滩涂淤积，而后又经过先民的长期筑塘围垦，不断改造自然，才有了今天的模样，北仑的历史也可以说是一部围垦海塘的历史。"[1]

在《中国海塘工程简史》中，作者张文彩也写到围塘工作的必要性：

"在古代，早期来到海滨从事垦殖的先民，他们在艰苦的条件下，披荆斩棘，垦涂殖田，发展生产。但是，一日两次海潮，咸水为害，作物难以得到足够的淡水灌溉。特别是遇有风潮漫溢，往往田庐被毁，人畜淹没，生命财产不得保障。海洋这一严酷的挑战，迫使这些早期的开拓者为了生存，就不得不同海潮展开长期斗争。长期的斗争实践，人们逐步掌握了海潮的规律，找到了防御咸潮的办法。开始，可能是受到天然沙堤

---

[1] 孙唤，陈一鸣：《保农田灌溉 护一方安全——北仑地区的海塘（上）》，载《北仑新区时刊》2018 年 10 月 30 日，第 6 版。

的启迪,一些农家就地挑土筑垒,阻隔潮水,捍卫田园,这种早期的人工土垒,虽然简陋,抗潮能力也有限,却是我国历史上最早的海塘雏形。"

用着这种和汉代人"挑土筑垒,阻隔潮水"差不多的方法,陈海伦和他的伙伴们一起以肉身筑造海塘。下三山是有名的海塘,围筑它的历史可以追溯到明朝。

翻开历史资料,可以看到在北仑一地,有名的海塘甚至和我们熟悉的王安石有关——那就是修建于北宋时期的王公塘。根据《宋史·王安石列传》记载,"再调知鄞县,起堤堰,决陂塘,为水陆之利"。据说,当年王安石来到鄞县做官时,非常注重当地水利工程的修建,现今北仑的王公塘就是其政绩之一。此外,还有据说是明朝嘉靖年间(1522—1566)修建的金公塘,以及陈海伦参与修建的,早在明朝《嘉靖志》中就出现,最迟于嘉靖时期就开始修建的三山塘,位于泰邱乡"二都,长一百五十丈,高二丈,阔三丈"。

一方水土养一方人,和海浪打交道的陈海伦养成了坚韧不拔的性格。

海水不涨潮的时候,陈海伦要到围起来的塘里挖淤泥。到了海水涨潮可以抛石的时候,陈海伦就要把棉袄脱了,和工友们一起跳到海里,在海港内抛下石头,筑起石墙,堵住港口。待人工围成一道围栏后,等里边的海涂自然干燥下来,就成了一块向龙王要来的农田。

围塘要学会观察潮水的颜色。每天早晨潮落露出泥涂时,农民工们要分工合作,大致分为弯身把弓的泥弓手、低头弯腰的捧泥手、不停挥舞拨泥管的拨泥手,大家连续不断地干几个小时的活,直到筋疲力尽,在下一次潮水上涨漫过泥涂时才能稍事休息。

我们找到一篇署名胡纪祥的散文《难忘那年围海塘》,他描写的是1966年鄞县围海造田的场景,和陈海伦在北仑下三山围海造田的时间相近,地理位置相近,应该有相似之处:"一道流水线像条长龙,龙头就是海塘址界外侧百余米长的泥弓手,只有有经验的人才能把弓,使切割出来的泥块呈长方形,每块大小一样。捧泥手把泥块放到溜板上,每块溜板长五六米,边沿稍高,中间稍凹,使泥块放入后不致滑向板两边。拨泥手手握拨泥管,这是一种长柄上装了一只长约15厘米毛竹筒的拨送工具,把泥块从溜板的一端拨向另一端,毛竹筒既是用来推拨,又是用来加水以使溜板保持润滑用的。溜板一块紧接一块,拨泥手一个紧接一个,泥块最后落到龙尾的接泥手手中,由低而高,依次堆积,于是海塘就一层一层高起来了。"

冬天,海水冰凉,海风刺骨,光是用手摸一下海水,手背都会变得通红。有时,连滩涂上都结了薄冰。要知道,如果让咸咸的海水结出薄冰,说明温度已经低到了零下6到7摄氏度。那时候的陈海伦是怎么忍受下来的?他是怎么克服双手双腿被冻到发麻僵直的?又是怎么踩着薄冰笼罩的滩涂跳入海水去向大海要地的?

在大海中,沉沦就是死亡,奋起就是生机,随波逐流就是不进则退,精卫填海就能创造未来。

"那时候多冷啊?"

"一点也不觉得呢,因为我们在干活,所以累得浑身冒汗。"陈海伦说。

这段经历,塑造了他日后无怨无悔、肯做能挨的坚韧的性格。学会观察自然也摸到了大海脾气的陈海伦,懂得了潮起潮落、顺势而为的要义,也锻炼了吃苦耐劳、团结协作的能力。

或许也是因为少年不识愁滋味,青春的滤镜遮掩了劳动中的辛苦。也或许是因为生活质量的不断提升,当农民工围海塘固然辛苦,但比起原来在家里时吃穿拮据,现在他有了收入,有了住宿,吃穿也有了着落。

更关键的是,个人的命运与时代的命运紧密相连。当陈海伦跳入冰冷海水时,改革开放的春风正在改变神州大地。

进入20世纪70年代,随着中国在联合国恢复合法席位以及中美关系和中日关系破冰,中国的对外交流增多了。市场经济的新风悄然吹入神州大地,敏锐的人们捕捉到了它。

宁波人,向来有经商的传统。"无宁不成市"的俗语,流传在中国各个大城市中。

一个有趣的传说是这样的:在京城,宁波人一度占领了成衣市场。原因是在各地进京赶考的秀才们中,宁波人最会把握商机,不浪费赶考前后的空隙时间,一边准备考试,一边给京城人做衣服,久而久之,竟然占领了京城的成衣市场。

1843年,上海开埠。1844年,宁波开埠。不久,江北岸便发展成英、法、美三国侨民居留区域,成为中国最早的"外滩"。[1] 其开埠历史比上海的外滩还要早 20 年。外资的进入使得宁波本土经济受到重创,但换个角度说,也的确让本来就善于经商的宁波人有了更广阔的舞台。

随着上海经贸地位的上升,宁波商人开始转变为近代商人,并将新兴城市上海作为主要活动地点,对上海的城市建设和上海的文化产生了重要的影响。也就是在宁波商帮大批进入上海,深刻影响上海发展的同时,钢琴进入了中国。

不过,说到商业,对还泡在海里的陈海伦来说,也是遥远如天边的传奇。

宁波商帮的辉煌传奇,对陈海伦来说,是从未听说过的故事。即便听说过,也和神话传说差不多。眼下最要紧的是填饱肚子,多存点钱。毕竟自从自力更生后,陈海伦有了个小小的心愿,他想买一辆自行车。

风吹日晒,锤炼了陈海伦的体魄;辛苦劳动,磨破了陈海伦的双手。曾经稚嫩的双手长出了水泡,水泡磨破,流出血水,血水凝结成了硬痂,痂落掉后又变成了粗糙的厚厚的新皮肤。

没有伞的孩子,在雨天要跑得快一点啊。

在哥哥姐姐羽翼下长大的陈海伦,要独自面对海塘的风风雨雨了!他长大了,肩膀变得宽厚,个子长高了,手脚也长得粗大了。但小民工陈海伦从这段经历中得到的不仅仅是低头咬牙忍耐,还有更多。仅仅重复吃苦耐劳,只能把日子过下去,

---

[1] 屠国元:《宁波地方文化读本》,杭州:浙江大学出版社,2016 年版。

要想把日子过好，却需要更多智慧。比如说，学会用仅有的收入理财。

一天工钱 0.8 元意味着什么？当时宁波地区最便宜的大红鹰香烟是 0.13 元一包。0.8 元的工钱，只够辛苦的民工买几包香烟。但从某种意义上说，这是陈海伦第一次拥有属于自己的钱。

没有父母在身边教导，也没有朋友一起相互约束，他却一直自律，每月收入发下来，从不吃完用完，而是通过合理安排，把一点点钱的作用发挥到了极致。比如，为了节约饭钱，陈海伦和伙伴两个人合着吃一份菜，硬是在无法开源的情况下，通过节流，让自己在除去买肥皂、牙膏等日用品外，还能积攒下钱来。

也许从这当中，就初次展露了陈海伦的"钱商"。仅仅工作两年后，18 岁的陈海伦就买下了一辆 28 寸的永久牌自行车。这是他给自己的成人礼。

但距离买钢琴，这笔收入还远远不够。

1983 年，在宁波地区买一台钢琴需要 1400 元。对普通工薪阶层来说，这需要一家三代倾家荡产加上借钱才能买得起。仅仅有钱还不够，在计划经济年代，能有一张购买钢琴的琴票，也是难于上青天的事。

宁波籍钢琴家郑洁讲过他幼时买琴的故事：为了买到钢琴，父亲拜托造船厂的工人李大成，而李大成认识永兴琴行的老板。在以上海为中心的长三角地区，大部分琴行在新中国成立前几乎被宁波籍商人垄断。有了这层关系，才能买到钢琴。但把钢琴运回家时，因为家里太窄，只好把过道的门板移开。但在拆掉部分墙壁，锯断一截楼梯后，还是不能把琴搬进家门。最终，郑洁爸爸又向工人借了吊车，足足花了一天，才把奢侈品钢琴搬到五楼的家。

如今，每年宁波地区学钢琴的学生数以万计，参加考级的孩子上千，拥有几台钢琴的家庭也不稀奇。

追古抚今，个中变化令人感叹。而让孩子们能轻松拥有钢琴的这一历史过程中，就有宁波海浪锻炼出来的一个青年农民工的努力。

于个人，陈海伦初步展示了经商的天赋。

于时代，改革开放的春风即将改变千万人的命运。

于钢琴，它将迎来在神州大地的发展。

相比88个黑白键盘，喜怒无常的大海更为锻炼人的胆识。相比个人的勤奋，时代的浪潮将带来更加丰饶的宝藏。当两者结合，如虎添翼。

五、关帝庙的百年呼应

这是一个与陈海伦无关,又与陈海伦有关的故事。

无关,是因为这个故事里,并没有陈海伦出现。

有关,是因为这些前辈的故事,他们走过的路,正是陈海伦创业人生的前传。

1886年,北仑大碶,一个晴朗的日子。

一个背着简单包袱的年轻人,双眸明亮,一脸坚毅,穿着一身短打,腿上绑着绑腿,迈着雄赳赳气昂昂的步伐,走进了今天北仑大碶的关帝庙。

群山苍翠,白云蓝天,是个出远门的好天气。故乡的小鸟和山里的落花都让人感到亲切,但此刻没有人有心情去欣赏。

跟在为首的年轻人身后的,还有二十来个同样清瘦但干练的年轻人,他们身背包袱,穿戴整齐,都是一副准备出门的样子。对他们而言,今天是一个重要的日子。安土重迁的小农经济时代，普通人的一生注定是从出生地开始，在出生地结束，最远不过去邻近的街镇。但现在，他们要去一个截然不同的城市，他们要到上海去。

在若干年后，他们也会明白，他们将要开启的，不仅仅是自己的新生活，也是中国钢琴制造业的开篇。

在关帝庙，他们手拉着手，一个接着一个跪下，对着神明发誓。他们开口许诺，今日天地为证，故乡的山水为证，关帝老爷为证，他们将结拜为兄弟，从此祸福与共。他们操着同样的方言，他们要一起去闯荡的地方，是随着1843年开埠而变得越来越繁华的上海，他们要一起加入的，是一家外国人的洋行。他们此前各自的身份，是技术成熟的油漆工、手艺娴熟的木工、善于做精巧细活的竹篾匠，但从此以后，他们将拥有一个共同的身份——钢琴制造者。

领头的小伙子，名字叫作毛文正。请记住这个名字，因为他如一座大桥主拱合龙时连接两端的那一枚钉子，看似微不足道，钢琴却实实在在因为他，从此在中国生根。

回到1886年的北仑大碶。关帝庙里的这群年轻人中，毛文正显得沉着老成。这或许是因为他是这次招工的领头人，他将成为这群离家闯荡上海滩的同乡的首领，又或许是因为他很早就随着打工大潮去上海谋生，对上海是相对熟悉的。聪明、肯吃苦的他早年跟着同乡学徒做木活，满师后在上海港口靠岸的外轮上做木工。在满是冒险家和投机商的十里洋场，毛文正凭借一手好木活立足，并早早学会了简单的外语，能自如地和外国人打交道。这些宝贵的工作经历，为他日后谋得更广阔的职业前景奠定了基础。

一场发生在1840年的鸦片战争，让中国沿海城市不得不开放通商，但间接地也让中西文化发生碰撞。许多外国商人和传教士第一次走进了中国这片历史悠久又略显神秘的大地。在上海和广州等地的商埠、外侨集聚区和教堂，出现了许许多多新式的东西，中国人统一叫这些舶来品为洋货。其中，就包括西洋乐器。

此时的钢琴，从字面上说，的确是百分百的舶来品。千里迢迢，远涉重洋，走海运而来。

和钢琴一起来到上海的，是越来越多的冒险家。他们的到来本身就带来了新的商机。就在1870年左右，英国籍商人在上海开了一家面向外侨的名为"老公茂"的洋行，贩售外国货物，兼售钢琴。他们卖的钢琴，是从英国运来的。这家商店的老板谋得利，渐渐成为当时西洋乐器在沪最主要的经销商，他自称是"在伦敦百老坞洋行有长时期经验的"。[1]

可以想象，在19世纪末的上海，这些来沪闯荡的外侨怀揣着各自的目的和梦想，骤然来到和他们熟悉的世界迥然不同的异乡，在适应陌生环境之余，对心灵的慰藉格外有需求。也因为这个，为外侨一解思乡之苦的洋行顺势而出。

可是，比起穿衣吃饭和住房问题，钢琴毕竟还是文化奢侈品。

---

[1] 刘善龄：《西洋风——西洋发明在中国》，上海古籍出版社，1999年版。

19 世纪末,原本销路不畅的钢琴生意由于英镑对白银的汇率上升更似雪上加霜。1895 年,谋得利出售英国造钢琴,最低价为 40 英镑,即便以 9 折计算,36 镑也需折成白银 260 两。为了压缩成本有利可图,商人们想到了组装钢琴。于是,谋得利从日本购进制钢琴的木材,从欧洲进口钢琴的零部件,然后在上海进行组装,这样售价可降到白银 200 至 180 两。谋得利洋行的钢琴成本低但质量并不差,于是在同行竞争中处于优势。[1]

考虑到相比"租界","华界"的地价更便宜,谋得利在闸北太阳庙路宝山路兴建了谋得利钢琴厂,这是中国第一家钢琴厂。

1904 年,公司将股本从 12 万元扩至 25 万元,用此资本在北河南路右侧造了一座占地面积 5 亩的厂房。很快,谋得利就大获其利,除每年给股东 10% 的红息外,还按期给股民"企业荣誉收益"。1906 年,公司财务报告又提出将股本扩至 50 万元的计划。谋得力在股东大会上呼吁:"我们握有音乐企业的黄金时代,我说的一切是,我们千万抓住这个机会吧。"[2]

谋得利一时间在中国钢琴市场一统江湖。它制造的钢琴,在很长一段时间内,对中国人来说,几乎就是钢琴的代名词。但不管怎么说,谋得利是如假包换的外国洋行,从这里制造并贩卖的钢琴,也烙着外国人的印迹。

---

[1] 刘善龄:《西洋风——西洋发明在中国》,上海古籍出版社,1999 年版。
[2] 同上。

中国除了为谋得利销售钢琴提供一个市场，能否拥有自己制造的钢琴？

那么问题来了，西洋乐器制造此时在上海是一片空白。在此前从未接触过钢琴制造的上海，到哪儿去找钢琴组装技工？

这个问题或许会难住别人，会不会难住北仑人？或许站在谋得利老板的视角，他最后悔的，应该是曾经有一天，他在上海遇到了一个北仑人。

当时正变得越来越繁荣的上海，开始彰显码头舞台海纳百川的魅力，越来越多外侨涌入上海的同时，以上海为圆心，对华东地区的人才吸引也是空前的。各地、各个阶层的有志青年，都会到上海来求学、务工、择业，寻找发展的机遇。当时的上海，最不缺的就是劳动力。找几个在码头扛大包卖苦力的青年容易，找几个能跑街当仆佣能吃苦的也容易，但制作钢琴需要能工巧匠，这些打工者能否胜任？

一次，谋得利老板在港口的外轮上兜兜转转，忽然见到了一个正在干木工活的人。这个机灵的年轻人手艺娴熟，善于沟通，聪明能干。他就是孤身一人在上海打拼数年，此时已经是熟练木工的毛文正。

谋得利看到毛文正，一个念头涌上心来。他故意上前，拿言语试探，又询问了木工中的几个关键技术点，毛文正对答如流，显示出业务的熟练和举一反三的能力。聪明的英国商人内心寻思，钢琴组装技术和木工技术有相同之处，何不让眼前的青年试试？一番交谈后，毛文正也对谋得利老板的建议有些心动。在外轮上工作风雨兼程，且在船员中总是低人一等，被人驱使，在钢琴厂里制作钢琴不但能拥有一技之长，还能成为受人尊敬的师傅。他骨子里宁波人做事的认真劲和好胜心升了起来，他早就有心在上海滩做一番事业，证明自己了。

因为这一次与谋得利老板的相遇，小宁波毛文正得到了人生中一次奇妙的创业机会——毛文正也正是因为这一场相遇，被后人尊称为中国钢琴制造行业的祖师爷。

在外轮相遇不久之后，毛文正和谋得利老板谈妥，由毛文正全权负责，去招聘20个技术精湛的木工和油漆工到钢琴厂工作。谈好的月薪，是诱人的30元银洋。像那个时代所有工人都会做的那样，毛文正几乎是不假思索地回乡招工。经过星夜兼程的赶路，他回到北仑大碶，经熟人推荐和自己了解到的信息，很快召集了20个熟练工。离别家乡前往上海，去为闻所未闻的洋行制造钢琴这件事，对他们而言是前所未有的挑战，也是前所未有的机遇。

于是就有了本节开头的那一幕，在北仑大碶，他们颇有些悲壮和豪情地在关帝庙誓言，从此携手来到上海。

历史选择了他们，他们也选择了历史。他们撮起一把家乡的泥土揣在怀里，把在关帝庙的誓言，看作比自己性命更重要的东西。

这件事，根据《宁波钢琴百年》的资料记载，发生在1886年。

100年后的1986年，也是在北仑大碶，毛文正的小老乡，当时刚过而立之年的陈海伦决定创办海伦钢琴。

历史如此相似，在时空的长廊中发出令人惊叹的呼应。如果不是自己的双脚真切地站在北仑，我们很难简单回答这个问题：一个农家出身的年轻创业者，为何主动将民族制造业的荣誉感背负在自己身上？

1986年，一个从未学过钢琴，从未触碰过琴键，甚至在成年之前，从未听过钢琴演奏的北仑人，为何选择制造钢琴？又为何要以制造世界一流钢琴为己任？仅仅是因为钢琴是乐器之王就萌发挑战之心吗？

若不是陈海伦和海伦钢琴的故事给了我们这样一个视角重新了解北仑，大家或许很难想到，中国钢琴制造的百年历史，始终在北仑这片土地上绵延。海伦钢琴为什么会诞生在北仑，可以说是无数巧合使然，也可以说是前辈足迹所致的必然。

事实上，用中国的"钢琴之乡"四个字来形容宁波，一点也不过分。"钢琴之乡"的山水、泥土、空气里，有着制造钢琴的历史和基因。

1890年，谋得利开始组装钢琴，生意越来越好。撑起钢琴厂的主力，就是来自宁波的毛文正和他的20个兄弟。秉承宁波商帮的传统，他们在后续的岁月里，一方面在上海不断立足扎根，一方面不断往返北仑大碶，几乎每次回乡，都有人带来侄子、儿子，后来乡亲邻里的出色男孩，也会主动前来求职。一来二去，宁波人凭着子承父业的传统习俗、血浓于水的同乡情谊，以及同业相帮的职业精神，将这个行业紧紧握在手里。

第一代工人从宁波带去越来越多的工人，第一代带出第二代，第二代又带出第三代。宁波人务实、守信、注重品质、精益求精，和宁波人团结、讲规矩、注重荣誉等特点，同这家拥有西方血统的洋行倒是相得益彰。很快，"MADE IN CHINA"的钢琴产量也随之大增。

100年后，陈海伦前往上海寻找商机，与外商合作拓宽市场，并因注重品质而脱颖而出。出身贫寒却书写中国制造的传奇，事业有成却不忘桑梓乡亲，陈海伦的一切，在当年的毛文正身上都能找到相似之处。

两个制造钢琴的北仑青年，穿越时空，互为映照、互为见证。

北仑与上海遥相呼应。北仑人身上的勤勉和聪敏在陈海伦身上也有了时代的传承和体现。

六、塔峙公社农机厂

19世纪,从北仑出发,北仑人将自己的基因赋予了钢琴。

20世纪,从海塘出发,陈海伦的脚步也在越来越靠近钢琴。冥冥之中,像有一根琴弦,将陈海伦的命运牵向前辈的足迹,牵向乐器之王。

1975年,陈海伦刚满20岁,在几年围塘的辛苦工作中积累下了最初的工作经验和存款,在征得家人的同意和支持后,他独自去当地一家农机模具厂当学徒。而这一步,现在来看,是陈海伦向钢琴迈出的真正意义上的第一步。

这家农机厂不是一家普通的农机厂,而是后来为北仑成为"模具之乡"奠定第一块基石的塔峙公社农机厂。

20世纪60年代中期,根据毛主席"五七指示"中"农村也可以办些小工厂"的精神,一穷二白的塔峙人办起了第一家模具厂——塔峙公社农机厂。

其时，塔峙还是镇海县的一个山区公社，全社 1.3 万人，3.5 万亩山，9200 亩耕地。当时，全公社全年国家订购粮仅 80 万斤，按 7.2 万元计算，每人年均收入不到 6 元。而 3.5 万亩山，真正成材林不足万亩，经济林最多的大队，山林收入也不足该大队农业总收入的两成。[1]

穷，是思变的最大动力。

既然已经贫困到这种程度，创办工厂就是破贫的思路。浙江是中国经济活动最活跃的区域之一。当时塔峙的领导，在周边走访发现，不少乡已经开始办工厂，而办工厂的经济效益比搞农业好很多，于是大家提出了开社办工厂的建议。

1966 年夏天，第一家模具厂，也就是塔峙公社农机厂成立。宁波媒体记者的采访报道，还原了当时的场景——所谓的工厂，其实只有"三个车间，分别是模具车间、胶木车间和农机具维修车间，主要生产三相开关插座、开关等农村电器产品以及插秧机、镰刀、锄头等农耕产品"。[2]

当时开办企业条件十分艰苦，缺资金、缺设备、缺人才。初创者们却没有动摇信心，没有厂房就借用清水大队的办公用房，没有资金就向经济效益好的大队去借，没有设备就去集体厂、国营厂买他们淘汰下来的设备，没有技术就引进这方面的专家……

要做产品，首先要开模。糟糕的是，其实当时全社上下没

---

[1] 俞慧娜，乐善康：《硬着头皮办工厂——记大碶塔峙模具产业的萌芽和兴起》，载《北仑新区时刊》2012 年 2 月 24 日，第 8 版。
[2] 同上。

有一个能开模的人。俗话说"没吃过猪肉,也见过猪跑",但贫困的大碶塔峙当时连一个见过开模具的人都没有。

任何一个人如果遇到这样的情况,恐怕都会放弃。

但当时,大碶塔峙的所有人都决定,硬着头皮也要上。于是八方搜罗,有的找来了曾经当过车工的工人,有的找到了能熟练操作机械的农民,有的找来了困难时期回乡的工人,有的找来了曾经在上海工厂当过学徒或车工的人。就这样,第一支工人队伍凑合着建立起来了。

小米加步枪式的游击队伍,虽然不正规,但是斗志很高昂。用着锉刀、锯条、榔头这样简单的工具开模,摸索着读图和绘图,再加上车、钳、刨、铣等加工技术,洗脚进厂的农民们,就这样做出了后来农机厂的主打产品——矿灯模具。

当年陈海伦进厂时,学习的正是这些技能:用锉刀、锯条、榔头开模,学着做矿灯模具。

因为农机厂实在就这么几个人,所以一个工人要当十个来用。模具技师是现学现上岗,还得负责供销跑业务,大家都是从零做起,摸着石头过河。

在接受宁波媒体记者俞慧娜、通讯员乐善康采访时,塔峙公社农机厂的创办人之一、当初负责业务的顾信业回忆:"没有互联网、没有手提电话、没有小汽车,那时候跑业务条件很艰苦,许多业务都是靠脚娘肚一趟趟跑出来的。"

当时"拉业务",没有经验也没有人脉的供销人员,会一个城市一个城市地跑。每到一个城市,他们先找来这个城市的企业黄页，对照目录，找出潜在客户，然后一趟趟跑、一次次谈。

"吃闭门羹是家常便饭，不过如果恰巧遇到宁波同乡，那业务接得就比较快。"

说到交通，出门近的靠步行或骑自行车，远的乘公共汽车。住的是最差的小旅店，口袋里一般装着两包烟：一包贵一些的是"五一"，自己碰也舍不得碰，是用来敬递给客户的；一包最便宜的"大红鹰"才是用来自己抽着提神的。

就和之前宁波商人承接上海业务的传统一样，也和后来陈海伦去上海寻找客源一样，塔峙公社农机厂的供销人员首先在上海国荣灯具厂找到了商机。这家上海的灯具厂成了农机厂的固定客户，其日光灯、矿灯订单纷纷下给农机厂。后来，山西、天津、黑龙江等地的灯具企业慕名找上门来。1968年，农机厂年产值近10万元。1969年，年产值达到了12万元。

生意好转，收入增加，曾经持观望态度的村民纷纷对塔峙公社农机厂竖起大拇指。而在厂里工作的青年工人，更是倍加珍惜工作。人人把提高技术放在第一位。甚至走在路上，路过商店，大家每看到一件物品，都会聚在一起讨论做这个产品用什么模具，用什么模具材料，采用什么工艺，要用什么设备等。谁技术好，谁就更有话语权，也更受尊重。走在村子里，听说谁家的儿子在塔峙公社农机厂担任模具工，找对象也容易，媒婆来往说亲也更频繁。

这也是20世纪80年代进入塔峙公社农机厂时，陈海伦的工作写照。刚刚从海塘进入工厂，对模具技术可以说是一窍不通的陈海伦很快意识到自己的第一要务就是学习。

像自己的前辈一样,他进厂后,白天跟着师傅学技术,晚上则点上柴油灯在车间练手艺。就这样,经过两三年时间,他逐渐掌握了开模技术。

和陈海伦一样,后来成就一番事业的宁波万隆模塑成型有限公司总经理陈敏振,也于1971年初中毕业后到塔峙公社农机厂当学徒。

陈敏振在接受采访时曾回忆,他学开的CJO接触器壳体模具,那时算是比较难的模具。当时他有幸被选中参与这副模具的开发,足足高兴了好几天。为了将模具开得更漂亮一些,一连好几个晚上,他都跑到单位琢磨开模工艺。那时大家学技术、提升技术的积极性非常高,每个人都很上进,鼓足了劲头学技术,一般两三年就能掌握开模的全套手艺。到了1973年,陈敏振也开始带徒弟了。

就这样,在这种良好的工作氛围里,依靠师傅带徒弟,徒弟变师傅再带徒弟的这种方式,全面掌握车、钳、刨、铣加工技术的模具工队伍迅速扩大。到20世纪70年代初,塔峙公社农机厂已有6个模具小组,20多名具有一定开模技术的模具工,并且开始专业分工,有专门的设计、加工、装配人员。塔峙公社农机厂实际上已经是模具厂了。[1]

到了20世纪70年代中期,队办模具厂蓬勃发展。1974年,

---

[1] 俞慧娜,乐善康:《硬着头皮办工厂——记大碶塔峙模具产业的萌芽和兴起》,载《北仑新区时刊》2012年2月24日,第8版。

塔峙公社大小不一的17个生产大队，都拥有了队办模具厂。到1976年，全社的社办企业职工已逾千人，队办企业从业人员也有五六百人。塔峙一带模具块状经济雏形由此形成。

陈海伦进塔峙公社农机厂时，偌大的模具厂已经渡过了初创时期的难关。以党的十一届三中全会为界，曾经还要偷偷摸摸地办厂，后来不仅名正言顺，还很光荣。

塔峙公社农机厂大多数工人匠师是年岁较长而且工作经验丰富的老师傅，才20岁出头的陈海伦在这群人中，如同一张白纸。毕竟，在围海塘时，除了力气，并无太高技术门槛。没有技术，在一个重视技术的工厂里是行不通的。但陈海伦特别好学，而且他特别会观察别人的需求。这一性格特点，让他在塔峙公社农机厂有了施展的空间。

用围海塘时攒下的积蓄，陈海伦买了一辆属于自己的自行车。每天下班，他都会特意到门口，接送年长资深的师傅上下班。接接送送中，师傅们也对这个新来的小伙有了印象。

在厂里，除了帮师傅们打打杂，陈海伦还会主动端茶送水、扫地、递送工具。眼见这个小伙子能吃苦、肯用力，加上陈海伦做事勤快、为人方面又深得大家喜欢，模具师傅们也乐于在繁忙之余传授他一些模具制作方面的技巧。

夜里，载着师傅们回家后，带着师傅们的指点，陈海伦常常又回到厂里继续琢磨。所谓师傅领进门，修行在个人，靠着悟性、天资和能吃苦的劲头，陈海伦很快掌握了制作模具的基本技能。

除了学习技术、从事生产，陈海伦还要学着接待客户。比起制造模具，陈海伦似乎在待人接物方面更有天赋，厂领导自然也注意到了陈海伦在销售方面的才能。

1981年，厂里会议决定，提拔陈海伦为销售科科长兼生产车间主任。这段时间，农机厂又扩充了人员编制，这些新招收的人员中，有一些在后来成了陈海伦钢琴事业上的得力助手。

七、模具之乡　隐形冠军

36个黑键，52个白键，共88个键组成了钢琴的键盘。

黑白两色，演绎出的强弱变化可以有弱、强、渐弱、渐强、突弱、突强多个层次，如同中国人熟悉的阴阳，涵盖了万物。

钢琴音域范围从A2（27.5 Hz）至C5（4186 Hz），几近包含乐音体系中的全部乐音，称得上是音域最广的乐器。

钢琴独奏，可以演奏出气吞山河的气势，也可以演奏出如泣如诉、细若游丝的细腻。它为小提琴伴奏，音色丰满，却不喧宾夺主。它与整支交响乐队合作，则高音清亮，中音厚润，低音雄浑，完全不会被淹没。

当琴声停止时，琴声所演绎的宇宙般浩渺的历史和深邃如大海的人类内心图景都恢复如初。而当琴声响起时，时而像低回的流水，时而像奔腾的波涛。

模具也是这样。

虽然模具不会发声，但模具有"工业之母"的美誉。

工业生产上用注塑、吹塑、挤出、压铸，或锻压成型、冶炼、冲压等方法得到所需产品的各种模子和工具，就是模具。这种工具由各种零件构成，不同的模具由不同的零件构成。它主要通过改变所成型材料的物理状态来实现物品外形的加工。

西普曼曾说："它曾是帝王贵族的玩物，又流落到三流小酒馆成为任人弹奏的摆设；它是音乐家抒情的圣物，又是中产阶级身份的象征；它是工业时代的印钞机，又在每一次新思潮运动充当先锋。如果没有钢琴，哪会有室内音乐？更不会有莫扎特、海顿、贝多芬、舒伯特、舒曼、门德尔松和勃拉姆斯等等音乐大师的精彩华章。没有钢琴，现代音乐将如何开创？流行歌曲将怎样流行？近300年来，它一直是一个不肯最后定型的明星。在造就自身的同时，它也成就了人类。无须置疑，钢琴的诞生，是人类音乐历史上的重要里程碑。"[1]

钢琴已不单单是一件乐器的名称，而是一种力量，一种激发人类在不同时代的想象力和无法泯灭的激情的力量。钢琴的魅力，已经远远超过了它作为乐器本身的意义。

模具也不仅仅是简单的工业产品，看起来毫不起眼，却是组成万千世界不可或缺的基石。当然，它也是构建钢琴这个艺术世界的砖瓦。

当陈海伦驾车带我从中国·海伦钢琴股份有限公司出发，绕着整个北仑进行怀旧之旅，特意来到大碶东岙村时，我惊讶

---

[1] 西普曼：《乐器之王：钢琴》，太原：希望出版社，2005年版。

地发现，这个我昔日听到他提到百来次的地方，和我想象中的完全不同。

坐在办公室里，陈海伦一遍一遍描述的东岙村，是他童年种田为生、艰苦度日、房屋矮小的小村庄。但眼前的东岙村，是家家开厂、户户做模具、出行有汽车、人人在经商的东岙村。

在村里可见，村庄内部的道路，还保留着昔日窄窄的格局，低矮的平房还是鳞次栉比地连接在一起。几乎每家每户，都有对外破墙的窗口，有的模具厂，已经颇具规模，其中三四幢厂房，有独立的院落和围墙，门口挂着巨大显眼的招牌。有的只有一间民居卧室这么大，一眼可以看到内部是前店后工厂，甚至还搭放着主人家的床褥和锅碗瓢盆。但不管面积大小、环境优劣，几乎每一家都在做模具生产及相关的生意。此情此景，令人叹为观止。原来，这里拥有令人不容小觑的"模具之乡"的美名。民间活跃的商机和中小企业的灵活性，让人印象深刻。

一份来自北仑的数据显示：大碶民营经济发达，已形成以模具制造、电子电器、机械五金为主的工业体系。大碶又被誉为"模具之乡"，现有模具企业2000多家，从业人员23000余人。

制作模具，需要细心、专注。模具是精密工具，形状复杂，坯料的胀力对结构强度、刚度、表面硬度、表面粗糙度和加工精度都有较高要求，模具生产的发展水平是衡量机械制造水平的重要标志之一。人赋予模具以形态，而模具反过来也塑造人的敬畏之心。而这，也正是陈海伦身上十分突出的特点。

就在我们来这里的四个月前，新冠肺炎疫情略有缓和后的

二

2020年3月29日下午,习近平总书记也是在小雨淅沥的日子,来到宁波北仑大碶高端汽配模具园区,深入复工复产的第一线。2020年4月2日,《人民日报》记者杨维汉、朱基钗发表《冲寒已觉东风暖》一文,详细报道了此次考察情况。

这个面积不大的园区聚集了70多家企业,90%都是压铸模及其上下游配套企业,全国前20强压铸模具企业中,这里占了11席,有很多"隐形冠军"。在宁波臻至机械模具有限公司的生产车间里,一排排机床设备飞速运转,机器声轰鸣。总书记走到生产线旁,了解模具产品生产工艺流程,询问市场销售情况,看得十分仔细,问得十分具体。正在忙碌的工人们见到总书记来了,纷纷向总书记问好。

"大家身体都好吧?""好!感谢总书记!"工人们高声回答。"大家辛苦了!我们现在就是要在继续坚持疫情防控的前提下积极开展复工复产,既要保证生产任务,还要保证身体健康。"总书记叮嘱大家。

公司总经理张群峰介绍,2月11日公司通过复工批准,2月17日恢复到正常产能的80%,目前已全部复产。115名员工中,除了2名湖北籍员工,其余已全部返岗作业。"受疫情影响,第二季度订单有所下滑。政府对我们进行了帮扶,减免水电费、员工社保等,让我们减轻负担。我们有信心渡过眼前的难关。"公司负责人告诉总书记,"接下来我们企业的目标是打造国际一流模具厂,实现人均产值150万元。"热火朝天的车间,企业负责人坚定的决心,让总书记十分欣慰。临走上车,总书记特意停下脚步,再次回过头对工人们说:"看了你们企业的状态,我还是很高兴的。中国的民营企业、中小微企业,有活力、有灵性,有一股子精神,在你们企业身上也得到了体现。这么大的疫情发生了,我们的中小微企业还在迎难而上,还在自强不息发展。前景是乐观的,祝你们一切都好!"

在宁波北仑大碶高端汽配模具园区管理服务中心,习近平总书记同园区管理人员、中小企业负责人和外地返浙员工代表等面对面,坦诚交流,认真听取意见和建议。他们中有公司总经理、行业协会代表,还有车间主任、人事经理、项目工程师。"这次我来调研,就是要听一听你们的意见。在当前复工复产的形势下,你们最关心什么?需要解决哪些问题?"总书记开宗明义。一位模具制造公司总经理告诉总书记,公司外贸占比较高,现在国外疫情蔓延,可能会造成市场疲软,整个供应链难免受到影响,他们十分关心国家是否还会出台一些降息免税政策。一位汽车电子公司的"80后"总裁说,3月上旬,因受下游订单的影响,公司产能受限,现在订单正在迅速恢复。"我们国家有这么大的消费市场,汽车产业还会迎来新一轮快速发展期,困难的时刻很快会过去。"一位模具行业协会会长说,在政府的关心和帮助下,通过企业内部挖掘潜力,推进技术改造,提高生产效率,相信在疫情过后行业能够实现新的发展。

"浙江是一个以中小企业为主体的经济体,我来浙江调研,就是把这个问题作为重要内容。"总书记说明此行的初衷,"中小企业在我国产业发展中战略地位重要。我在浙江工作过，对这点深有体会。公有制经济和非公有制经济共同发展，走出一条中国特色经济发展道路，我们将坚持不变，不能有丝毫怀疑和动摇。"

分析疫情对经济发展的冲击和影响，总书记强调："现在困难来了，危机来了，不同的群体，不同行业、企业，都会受到一定影响。国内市场我们能做的要尽力去做，但国际市场客观上还是会受到影响。我们要让损失降到最低。"只有做充分准备，才能争取到好的结果。对大家提出的问题和期待，总书记作出明确回应："实际上，党中央在研究相关对策时想到了中小企业、民营企业。我们已经出台了一套政策组合拳，随着形势变化还会及时进行调整，推出更多针对性措施，帮助企业渡过难关，不让中小企业受到根本性、伤元气的影响，并能尽快恢复到好的状态且有新的发展。"

"大家也要做好思想准备，发扬企业家精神，迎难而上、克难攻坚，在党和政府支持下同舟共济、共克时艰。"温暖的话语，鼓舞了大家的斗志。

模具之乡、中小企业、中国特色。这三个关键词，是可以用在宁波北仑大碶千百个模具厂的，用在千万个模具及其上下游的从业人员身上，也可以恰当地用在陈海伦身上。

八、里程碑：成为厂长

20世纪70年代，改革开放春风徐来，万业创新，北仑人天生敏锐的商业嗅觉也被唤醒。

从此，乡亲，就是陈海伦的导师；工厂，就是陈海伦的大学；业务，就是陈海伦的论文。

在每日的实务操练中，陈海伦磨炼出待人接物、见微知著和举一反三的能力。

陈海伦个子挺高，走在苏浙一带的人群中显得高大，站在北方人面前，气势也不会被比下去。但这个高个子的商人，自带一种亲切和随和，是那种你在街上吃早点时遇到了，会想去聊天的人。

他和许多业界大佬在一起吃饭时，并不是最瞩目的那个。甚至反过来，他是一个特别低调甚至没有存在感的人。

但这个看起来很谦和的创业者的厉害之处，在于他像一张

24小时张开的大网一样,随时随地能从接触的每一个人、每一件日常小事中汲取学习的资料。

我不难想象,他将这份才能用在商业领域,是一种怎样的机敏。当年20出头的他是怎样赤手空拳在农机厂开拓出一块立足之地的?

"20岁出头,可以做些什么事?"在百度问吧,这个帖子很热。其中一个回答是这样的:

三国时期的周瑜21岁时帮助孙策渡江东下,击败当时的扬州刺史刘繇,为孙策平定江东起了重要作用。

拿破仑·波拿巴24岁的时候带兵攻下了保王党的堡垒土伦。

比尔·盖茨在他21岁这年已经掘到了自己的第一桶金,离开了工作了一年有余的MITS公司,和朋友创办了日后的微软帝国。他在这一年正式从哈佛退学。

迈克尔·戴尔在他21岁这年已经退学,创办了后来的戴尔电脑公司。不久之后,被美国学院企业家协会评为1986年度青年企业家。

托马斯·爱迪生在21岁这年成立了"波普—爱迪生公司",专门经营电气工程方面的科学仪器。不久之后,他赚到了自己的第一个五万美元。

每一段传奇的造就,里面既有个人的奋斗,也有时代的风潮,时势造英雄,让个人得以乘势而为。

北仑从一个需要围海造田的农业地区，到连总书记都关注的模具之乡，走过了一条时间轴。我们将这条时间轴列在这里，也是作为陈海伦个人奋斗史的参照。

北仑当地领导曾分析过：模具块状经济的形成有三个关键节点。一是1966年，第一家模具企业——塔峙公社农机厂成立。二是20世纪70年代初，队办模具厂兴起，模具块状经济雏形形成。三是党的十一届三中全会后，民营模具企业快速涌现，模具企业在北仑尤其是大碶塔峙一带遍地开花，模具块状经济正式形成。

改革开放为模具产业的发展创造了良好的政策环境，许多模具工创办起了自己的企业，以开模具为主的个体企业如雨后春笋般涌现，许多祖祖辈辈靠种田、卖柴为生的塔峙人依托模具迅速富裕起来，纷纷盖起了洋楼、买进了汽车。[1]

塔峙模具产业的成功吸引了北仑其他地方以及周边县（市、区）的人挽亲托眷地到塔峙学开模具。家里世世代代务农的陈海伦，好风凭借力，在塔峙模具产业成功的浪潮中，一举改善了家境。

制作模具难，但毕竟埋头做就行。卖出模具更难，因为它意味着要走出熟人的舒适圈，去闯荡一条没有前人经验可以借鉴的道路。陈海伦凭着自己三寸不烂之舌和不怕走到红肿的腿，一次一次找业务，不断开拓自己的商业版图。

---

[1] 俞慧娜，乐善康：《硬着头皮办工厂——记大碶塔峙模具产业的萌芽和兴起》，载《北仑新区时刊》2012年2月24日，第8版。

从未离开北仑的他由此第一次离开北仑，从未离开宁波的他由此第一次离开宁波，从未离开浙江的他也由此第一次离开南方。

在交通不便的年代，有时候，光赶路就得花上一两天。和陈海伦同时代的模具厂销售员记得，当时，住的是最差的小旅馆。出去试模，能坐上公共汽车就算很不错了，多数时候是骑自行车，自行车后座一边挂一个零件，车把手再一边挂一个，就这样驮着模具出门。

不要说去外省市，当时，从北仑大碶去宁波市区，一小时才一班公共汽车。有时，一连好几班车都坐满了，往往等到天黑，销售人员还没乘上车，只能返回厂里，第二天继续去等。

在难以开拓业务的当口，销售人员别出心裁，用更为灵活的方式克服了接不到订单的难题。比如说，一家小模具公司开张后没有业务，厂长就通过朋友关系联系上一家国营企业，这是第一个大客户，也是唯一的一个客户。这家国营企业以对产品质量不放心为由不肯给小模具公司订单。小模具公司就建议，先开模具，模具通过验收再付钱。3个月后，模具开好了，并顺利通过客户验收。就这样，开办模具公司赚的第一桶金顺利到账。这也见证了一个模具之乡起步之初的不起眼和艰难。然后客户介绍客户，生意越做越大，企业规模也越来越大了。

模具看起来并不高精尖，但要把模具厂办好，涉及的商业要素一点不少。

回头想想，这份铁人一般的意志，不仅为陈海伦赚来了不菲的收入、领导的青睐和个人结婚的资本，更重要的是，为自己未来开办企业，积累了人脉和工作经验。

事实上，如果我们拉开时间轴看，一花独放不是春，百花齐放春满园。

在陈海伦开始创业的当口，他的同乡，也是曾经的同行，在塔峙当了9年模具工人的徐旭东，于1985年创办了自己的企业——北仑大碶腾达模具厂，后改名为宁波旭升机械有限公司。宁波东昊汽车部件有限公司总经理柯云岳也是在20世纪80年代中期到塔峙学开模具，然后在大碶创办模具厂的。[1]

陈海伦工作的塔峙公社农机厂，作为当地模具行业的领头羊，进入20世纪80年代中期，所涵盖的业务主要是装潢五金，有些情况下也会接到其他产品的订单，比如钢琴五金件。

就是这份当时看似不大不小的钢琴五金件生意，在之后却对陈海伦的工厂发展产生了极大的影响。

1986年，由于改革开放后政策的变化以及市场体制的改革，原来的塔峙公社农机厂一下子分成了两个厂：一个农机厂和一个五金厂。

一直业务出色、踏实肯干，在销售方面成绩突出，又有领导能力的陈海伦在这一变化之下成了五金厂的厂长，他带领着一批员工来到了宁波北仑大碶万秋山路（五金厂的原厂址）。起初，五金厂主要生产电风扇之类的产品，但一段时间之后，

---

[1] 俞慧娜，乐善康：《硬着头皮办工厂——记大碶塔峙模具产业的萌芽和兴起》，载《北仑新区时刊》2012年2月24日，第8版。

大家发现自己厂生产的电风扇并不适应市场，业绩呈现下滑趋势。从来没有上过一天商学院的陈海伦,在梳理业务时发现,过去五金厂接收的订单中，不太起眼、占比也不大的钢琴五金件的订单显得比较稳定。虽然盈利不是特别丰厚，但就当时的情况来说，钢琴五金件的订单可以让企业渡过这次难关。

通过反复思量，陈海伦决定去客户厂家实地拜访一下——他要到上海钢琴厂去。

九、到上海钢琴厂去

从偏安一隅埋头做些小五金配件，到进入上海与钢琴接触，再到重新确立工厂的主攻方向，这一次上海之旅，对陈海伦来说，具有转折意义。

二轻工业，新中国成立后特定条件下的一个工业门类，是手工业发展的延续，轻工业的组成部分，在地方工业中具有重要地位和作用。

《上海二轻工业志》显示，上海二轻工业起源于三个主要方面：一是20世纪50年代初，根据中国共产党在过渡时期的总路线和总任务，对个体手工业进行社会主义改造，成立了多种形式的手工业合作组织。二是1958年"大跃进"时，大批劳动妇女参加社会生产建立的街道企业。两者形成了上海早期的城镇集体所有制工业，归上海市手工业管理局（简称市手工业局）领导。三是按照1961年中共中央《关于城乡手工业若干政策问题的规定（试行草案）》（简称"手工业三十五条"）的规定，手工业管理部门不分所有制，实行按行业归口管理，除原有的手工业集体所有制企业外，还增加了部分国有企业。1965年2月，国务院设立第二轻工业部，和全国手工业合作总社合署办公，管理范围包括塑料制品、皮革、服装、家具、五金制品、衡器、家用电器和工艺美术等行业。各省（区、市）政府的手工业管理机构，先后改称第二轻工业厅（局），按行业归口管理全民、集体两种所有制工业（手工业）企业，习惯上称为"二轻工业"。

1986年4月，上海市手工业局改名为第二轻工业局。二轻工业，下属工艺美术、服装用品、竹木用品、玩具、文教、皮塑、灯具家电、工具设备和日用五金等九个专业公司（联社）。五金归第二轻工业局管理，钢琴作为西洋乐器，属于二轻工业局下属的文教体育用品部分。

虽然上海是中国第一家钢琴厂的诞生地及钢琴琴行众多的城市，但是经历了20世纪30年代的战乱，上海大部分琴厂被毁。抗日战争中，制琴业濒临绝境。抗日战争胜利后，上海的钢琴制造和销售市场一度有所恢复，时有钢琴、风琴厂商11家，其中也有兼产两者的，但终因通货膨胀，市场萧条，营业不振。全市月产风琴200架左右，钢琴仅数台，各厂商的业务以修理旧琴为主。

此时，关于谋得利的故事，已经渐渐成为上海钢琴制造业的传说。

1949年后,随着政局稳定,人民安居乐业,各种文教用品的需求量增加,带动乐器工业的发展。全上海的风琴厂由12家增加到19家,钢琴的需求量也有所增加。1956年公私合营后,上海制琴业进行调整、归并,成立3家风琴中心厂和1家钢琴中心厂。在前文中我们提到的诸多从谋得利离职后创业的初代宁波籍钢琴制造者及其后代,都在此时被统一归入上海钢琴厂。

1958年4月,上述4家中心厂及所属29家琴行和零部件小厂合并,于惠民路英商谋得利琴厂旧址建立上海乐器厂(1967年改名为上海钢琴厂),厂房建筑面积8000余平方米,生产钢琴和风琴,共有职工407人,其中139人生产风琴。公私合营后,鸣凤琴行和上海琴行成功仿制7英尺卧式钢琴和9英尺卧式钢琴。上海乐器厂成立后,集中技术力量,自行设计、生产钢琴和风琴,设立铸件车间,成为全能生产厂。到了1960年,生产风琴1.92万架,钢琴2273台。[1]1976年和1984年,以发展钢琴为主要目标,经过两次重大技术改革、扩建厂房,引进国外先进设备,又在上海郊县建立4家联营单位,生产组织趋于合理,上海钢琴厂成为全国四大钢琴生产基地之一(另外3家分别设在北京、广州和营口)。

其间,按市场需求,研制生产卧式、立式两大系列多种型号钢琴。1987年11月,为了解决进一步扩大钢琴生产规模与生产场地不足的矛盾,以上海文教用品公司所属的上海钢琴厂、

---

[1] 韩利等:《钢琴艺术在中国》,北京:民族出版社,2011年版。

上海乐器修配厂和原上海樟木箱厂（转产钢琴）为母体，组建上海钢琴公司，有职工1234人，厂房建筑面积3.69万平方米，由市二轻局直接领导。

陈海伦的叔叔，当时正在上海市二轻局工作。在叔叔的牵线下，陈海伦正式走进上海钢琴公司。

当时的上海钢琴公司，属于"皇帝女儿不愁嫁"。从1987年到1990年，钢琴销往世界83个国家和地区，出口占总销量的35.5%。1988年至1989年，随着上海家庭对儿童教育投入的增加，在全市范围内掀起私人购买钢琴热潮。当时上海钢琴公司每年生产钢琴1.3万余台，为上海钢琴公司历史最高产量。

上海钢琴厂第一任厂长李植闻至今记得，1980年，他任上海乐器研究所所长时，工资是99.7元，而当时一台"聂耳牌"钢琴的价格是1268元，一台立式钢琴相当于他十二个半月的收入。当时，私人购买钢琴微乎其微，私人购买三角钢琴更是"零"纪录。制造钢琴，拥有钢琴，是奢侈行为中的奢侈行为。

20世纪80年代，当陈海伦怀揣着为厂里多拉业务的心愿来到上海时，正是上海钢琴厂的高光时刻。

在钢琴制造过程中，历来用生铁浇铸成型的击弦机撑脚，1980年起改用铝合金压铸成型，这样可以增加表面镀层的光洁度，并减轻重量。20世纪80年代末，使用工程塑料代替木质定位"卜头"，使钢琴内部零部件规格化。

上海钢琴厂对这些零件的大量需求，辐射至上海周边城市，成就了宁波北仑陈海伦的第一桶金，也让这个大碶青年的生命，从此正式与钢琴结下不解之缘。

制造业中的金属制品与通用设备制造中的通用零部件等分类中的相关产品被称为通常意义上的"小五金"。其职责在于给制造型企业提供零部件和生产工具，而并非作为最终使用的行业专用设备。据业内人士介绍，钢琴对五金配件的用料、耐用性、防锈防褪色处理工艺和美观度这四个方面都有很高要求。其中，五金螺丝、合页、铰链、脚轮、脚踏联动装置、踏板和琴弦为一台钢琴五金配件的主要体现。

比如说，钢琴上最不起眼的螺丝钉，常见的螺丝为镀镍螺丝，但用到钢琴上时，就要考虑到其入木性、美观度和防锈性。再比如，多数钢琴采用镀铜普通铰链，很容易受潮湿等气候环境的影响而生锈、褪色，如果采用铜造铸镀铬或不锈钢制作，铰链就能更为美观耐用，同时不褪色。

越是经济发达的省份和地区，五金企业越是密集。但是，很多企业"终其一生"只是给其他制造企业做配件，对制造型企业的依赖性比较强，而且对市场需求的反应也很迟缓。传统的五金企业不注重新产品的研发和市场的延伸，从而造成企业的持续竞争力欠缺，面对越来越专业化的市场需求和越来越激烈的竞争，很多初期发展很快的五金企业都感到后劲不足。

在五金企业集中的地区，例如浙江永康、广东佛山、中山等地，传统的五金生产企业逐步实现前向和后向整合。原本只生产五金配件的厂家开始涉足大型机械设备的制造，也更重视产品的研发和科技创新，从而促进企业的产业升级。"大五金制造"在产业集中地区已经蔚然成风。

在北仑,陈海伦偏安一隅的五金厂能崭露头角吗?靠着一鼓作气连夜做模具和小五金,陈海伦赚到了人生第一个一万元,并用第一桶金在老家盖了房子,结了婚。

眼见村里家家户户的生活都随着模具生意的兴旺有了起色,温饱问题解决了,接下去是沿着既定路线赚更多钱吗?

陈海伦还是居安思危的,作为企业的掌舵人,开始学着站在行业高度来思考未来。

童年养家,是精神上的预演。

下海围塘,是体力上的预演。

进厂学技,是知识上的预演。

联络业务,是商战上的预演。

每一步,都让陈海伦向日后的辉煌更靠近一点。冥冥之中像有一根琴弦,将陈海伦的命运牵向前辈的足迹,牵向乐器之王。

十、琴键背后的小五金

音乐近乎神。

这个神,是怎么和乡镇企业里做五金的工人产生联系的呢?

在人类历史的长河中,不论哪个国家、民族,都把音乐视为和神灵对话的方式之一。不论在什么地域或者时代,能掌握乐器演奏技巧和掌管音乐演奏的人,总是会被高看一等。

在古希腊神话中,缪斯是主司艺术与科学的九位古老文艺女神的总称。在花落空山的意境里,在深谷幽兰的簇拥中,她们结伴而行。掌管艺术的她们喜爱音乐家和歌手,是艺术家在需要鼓励和渴求灵感时会用心祈祷默求庇护的名字。

1709年,人类从某种意义上,永远抓住了缥缈的缪斯女神的一缕衣带。

这一年(一说是1698到1700年间),意大利人巴托罗密欧·克里斯多佛利(1655—1731)在弹拨古钢琴的基础上,于佛罗伦萨发明了钢琴。

倘若乐器有一个王国，那么毋庸置疑，钢琴将会高高端坐于乐器世界的宝座。而通过钢琴的声音，人类仿佛多多少少可以触摸到众神。

第一次听到钢琴的乐声，陈海伦为之心动，心动之后是喜悦，喜悦之后，是心向往之。

陈海伦没学过钢琴。虽然从小因为家境所限，没有受过系统的声乐训练，但他天生对音乐敏感。在涉足商海后，他也学着和客户一起唱卡拉OK，酒桌上，他也会唱歌助兴，而且不论老歌新曲，他一学就会，音调总是很准。也许，他想，自己是天生对音乐"有感觉"的那种人。

初次听到钢琴演奏，即便不懂，但其发出的乐声，属于不需要翻译的语言，就能撼动听者的心。从琴键流淌出来的旋律，有时是千军万马的咆哮，有时又是内心缱绻不知向谁倾诉的柔情百转。

这余音绕梁，三日不绝，真想叫人一探究竟，把钢琴拆开来看，里面到底有什么玄妙。

如果我们拆分开来细细查看，可以看到钢琴主要由以下五个部分组成：外壳、支撑结构、共鸣盘、击弦机和踏脚机械装置，各部分都有严格的技术要求。

我们参考毛青南的《钢琴》一书，更详细地来看看这个颇具魅力的乐器之王的构成。

外壳：外部可见部分。

键盘：弹奏部位。

码克：俗称音源系统，声波振动引发共鸣的部分，即钢琴核心。

击弦机：演奏者弹奏的力量转换为打击琴弦的系统。

踏板：中间踏板、左踏板和右踏板。

下面就给大家解析一下共鸣系统，应该对外行钢琴消费者选琴有极大帮助。

共鸣系统主要由弦列、音板、弦轴板、码桥、背架和铁骨组成。弦列是指排列起来绷在支架上的弦，用高精度的钢丝制成，平均可承受120公斤以上的拉力。琴弦成分越纯，越没有杂质，抗张力越强，表面越光滑，粗细越均匀，就越受乐器制作商欢迎。

音板是钢琴的"声音"，它具有高度弹性，它将琴弦振动"翻译"成空气粒子的运动，正是这种运动决定着钢琴特有的声音品质。音板是钢琴能产生人们可接受的、最为动听的声音的最为重要的部件。所以，钢琴制造厂家会将大量的人力、资金和时间投入到音板的设计上。假如将钢琴比作一套HI-FI音响，音板就等同于扩音器。品质很差的声音无论使用多么好的音源，也不可能使音响系统发出动听的声音来。

一架钢琴的威力中心是铸铁骨架，也有人叫它共鸣盘。铸铁外观巨大，这个结构要承载全部琴弦的张力（立式琴约有15吨，卧式琴约有20吨的拉力）。尽管科学技术飞速发展，但是铸铁仍然被认为是最好的骨架材质。人们曾经试过许多合金材料，但是它们价格昂贵，并且难以承载琴弦产生的巨大张力。目前市场上按铸造工艺分为真空铸造和翻砂铸造，真空铸造的优点在于钢板尺寸精度高、轮廓清晰、表面光洁、钢板无杂质、无气泡、质量更稳定。

弦轴板的位置在弦轴部分铸铁板后面。弦轴板是钢琴的生命。弦轴板一般采用多层（十多层）高档枫木高压制造而成，通过150千克以上的握钉力维持琴弦张力，维持钢琴音准、音高。虽然弦轴板从外观上基本看不到，但是其品质优劣至关重要！如果弦轴保持不住音律，更换是非常麻烦的，一般钢琴只能报废处理了。因而弦轴板的好坏直接影响钢琴的寿命。

码桥。钢琴的码桥是所有乐器中最长的（因为有200多根琴弦通过码桥），分中高音码桥和低音码桥，分布在音板的不同位置，使中高音琴弦和低音琴弦交叉排列。码桥的作用是将琴弦的振动传到音板上，从而扩大琴弦的音量，因此，码桥的品质也是至关重要的。

背架，也称木质支架，是由粗大的方木（背柱）拼成，起着强有力的支撑作用，同时它们是音板的坚实基底，保持乐器结构的稳定性。

详细引用专业人士的介绍来说明钢琴的构造，并非要把枯燥的结构图向读者展示，只是在讲述钢琴和陈海伦的关联时，让大家更直观地感受到钢琴零部件的重要性。

一台钢琴的内部世界，九千多个零件，生产工艺比较复杂，每一个都有严格的质量要求。每一个零件，都有着不可替代的重要作用。从板材投料到钢琴成品需经数百道工序。

　　有零件，就需要有五金；做五金，就需要有模具。远在海边的小工厂里的五金零件看起来和音乐殿堂里的贝多芬没有任何共通之处，却是组成宏大乐器必不可少的螺丝钉。

　　说到底，钢琴，首先不是一种艺术，而是一种机械。

　　是机械就需要工人。

　　任何一幢恢宏的建筑物，都是由不起眼的一砖一石砌成的。

　　仅仅一块石头，或者一坨水泥，或者一颗钉子，看上去并不美，放在一起也没什么特别。但是它们的质量，成千上万不起眼的零件的质量，积水成海，积木成林，才保证了一幢幢高楼大厦能拔地而起。

　　正如钢琴，高雅，总是被放在万众瞩目的音乐厅里，或者是在气势庞大的交响乐团的最前面，经过指挥家的授意，第一个琴键被按下。动人的、感人的、催人泪下的、催人奋进的旋律，从钢琴上流淌出来，撼动着每一个听众的心。这是艺术的伟力，也是人类精神的胜利。

　　但是这样的高雅，是由近万个单看时完全不起眼的零部件构成的，也是从一个也许和音乐没有半点关系的工人的手中产生的。

　　具体到一根钢丝，一个配件，看上去和艺术风马牛不相及。它们只是物，不具有声音，不具有美感，不具有撩动人心的力量，只是生产流水线上的部件。但这些不起眼的小东西，也有质量高低和精确程度的区别。在不起眼的厂房里，被默默无闻的工人生产出来的,被装在一个一个纸箱或者箩筐里的小五金,它们也有灵魂,是工匠的灵魂,是制作者的灵魂,是谱写震撼人心的精神力量的灵魂。它们和艺术家一样在用生命演奏,奏响共和国发展的组曲。

1986年9月,以陈海伦为厂长的宁波北仑钢琴配套厂成立,他们的主要客户就是上海钢琴厂,陈海伦和他的同事们也真正开始了钢琴相关的业务,这是陈海伦奋斗生涯中的一个重大转机。

陈海伦到上海去的1986年,也正好是毛文正从宁波出发到上海去的100周年。

十一、巨鲸与小鱼

2020年7月4日,在陈海伦驾车带我从中国·海伦钢琴股份有限公司到下三山进行怀旧之旅之前,他带我到他出生的大碶东岙村转了一圈。

这里有他童年踩过的田埂,村口的草地是孩子们农闲时嬉戏的游乐场。昔日,这里的贫寒困窘,这里的捉襟见肘,这里的人们的善于抓住机遇,这里的人们的迎难而上和聪明勤劳,像冷热交替的水,不断淬炼着陈海伦。

我眼前的这个曾经的重点产粮区,现在几乎看不到任何田园风光。同样,也看不出任何贫寒困窘或者捉襟见肘的痕迹了。

簇新的马路两边,都是厂房或者新建的居民楼。车道之间和人行道边,是行道树和绿化带。时不时从路上行驶而过的工程车、货运车、私人轿车,显示着这里的活力和富庶。

今日的北仑区域内,昔日的农田上早已建起宁波经济技术开发区、宁波保税区、大榭开发区、宁波出口加工区、梅山保税港区等五个国家级开发区。一切已经今非昔比。

其中，宁波经济技术开发区于1984年10月经国务院批准设立，总面积29.6平方千米，是中国建区最早、面积最大的国家级开发区之一。开发区从成立伊始，充分发挥招商引资排头兵作用，引进了一大批事关区域经济发展的大项目，成为浙江省对外开放的窗口和招商引资的主战场。

宁波保税区于1992年11月经国务院批准设立，是一个享有"免证、免税、保税"特殊政策，具有国际贸易、进出口加工、保税仓储等特殊功能，实行"境外关外"方式运作的特殊经济区，是我国对外开放度最高、运作机制最灵活、政策最优惠的经济区域之一。设立以来，保税区凭借区位优势，深挖潜力，成为全市高新技术产业的"孵化"基地，综合经济实力在全国十五个保税区中居第三位。

大榭开发区于1993年3月经国务院批准设立，享受国家级经济技术开发区政策。大榭原是北仑区的一个海岛乡，开发大榭岛是原国家副主席、中信公司创始人荣毅仁先生在邓小平南方谈话后做出的决定。设立以来，大榭岛以基础设施建设为先导，大榭跨海大桥、环岛公路等相继建成，引进了英国BP石油等一批临港大项目，已成为亚洲最大的原油中转基地。

宁波出口加工区于2002年6月经国务院批准设立。其主要功能是改革加工贸易的监管模式，用优惠政策吸引外国投资，发展在国际市场上有竞争能力的出口加工工业，以达到利用外资、引进技术、增加就业、赚取外汇等目的。宁波出口加工区位于北仑区大碶街道，总面积3平方千米。

2008年2月24日，国务院正式批准设立宁波梅山保税港区。这是继上海洋山、天津东疆、大连大窑湾、海南洋浦之后的中国第5个保税港区。2010年，浙江省委、省政府批准设立梅山国际物流产业集聚区，总规划面积约240平方千米，由市政府委托北仑区统筹管理，由梅山保税港区管委会承担开发建设职能。2015年9月29日，宁波国际海洋生态科技城管委会正式挂牌设立，与宁波梅山保税港区管委会、宁波梅山物流产业集聚区管委会实行"一个机构、三块牌子"。2017年9月14日，浙江省政府批复设立宁波"一带一路"建设综合试验区。试验区以梅山新区为核心载体，打造"一带一路"港航物流中心、投资贸易便利化先行区、产业科技合作引领区、金融保险服务示范区、人文交流门户区，勇当"一带一路"建设排头兵，努力建成"一带一路"倡议枢纽城市。2020年5月12日，国家批准宁波梅山保税港区整合优化为综合保税区，10月23日顺利实现验收运营，制定29项海关监管改革创新措施，积极推进综保区建设，深入研究编制梅山区块建设实施启动方案。2020年9月21日，国务院发布中国（浙江）自由贸易试验区扩展区域方案，梅山成为浙江自贸区宁波片区三个区块之一。2020年，梅山累计引进企业1156家，新增注册资金510亿，新签约项目60余个，总投资额380亿元。全年实现地区生产总值205.2亿元。生产总值与财政收入占北仑区比重分别提升

5%和11%，远超浙江省及宁波市同期增速水平；连续四年实现在全省产业集聚区考核中排名前三，逐步形成"港口、保税、开放、创新、滨海"等五大优势，为省市经济转型升级发展作出了积极贡献。[1]

2020年11月，北仑入选"2020年中国工业百强区"。

2020年11月，入选第三批节水型社会建设达标县（区）名单。

2020年12月9日，入选"第三批双创示范基地"名单。

2021年7月，入选浙江首批高质量发展建设共同富裕示范区首批试点名单。

2021年8月17日，入选赛迪顾问城市经济研究中心发布的"2021年赛迪百强区"名单。2021年10月12日，被生态环境部命名为第五批"绿水青山就是金山银山"实践创新基地。2022年2月，被评为2021年度浙江生活垃圾分类工作良好区。[2]

这一连串"最大""最早""最强"的定语，意味着这片区域，早已发生了天翻地覆的变化。

初步统计，2020年北仑区（包括宁波保税区和大榭开发区）实现地区生产总值（GDP）2020.49亿元，按可比价计算，增长3.3%。分产业看，第一产业实现增加值8.45亿元，比上年增长1.7%；第二产业实现增加值989.86亿元，增长4.5%，

---

[1] http://www.zcom.gov.cn/art/2021/6/10/art_1416322_58931122.html.
[2] https://baike.baidu.com/item/北仑区/218933?fromtitle=北仑&fromid=913496&fr=aladdin#reference-［45］-709682-wrap.

其中，工业增加值928.22亿元，增长5.0%；第三产业实现增加值1022.18亿元，增长2.0%，三次产业结构比为0.4∶49.0∶50.6。按户籍人口计算，2020年北仑区人均地区生产总值达到467119元（按年平均汇率折算为67722美元）。北仑区全年实现财政总收入612.08亿元，比上年下降1.6%，一般公共预算收入309.06亿元，下降2.1%。

819家规模以上工业企业实现工业总产值4085.55亿元，比上年下降2.9%；利税总额634.29亿元，增长34.4%；利润总额527.47亿元，增长43.4%。全年112家资质以上建筑企业实现产值179.00亿元，增长10.6%；固定资产投资比上年下降7.7%。全年实现社会消费品零售总额373.15亿元，比上年增长1.5%；完成外贸进出口总额3147.92亿元，增长11.2%，其中，出口1327.44亿元，增长8.7%，进口1820.48亿元，增长13.2%；合同利用外资13.21亿美元，下降45.2%，实际利用外资8.28亿美元，增长22.4%。[1]

从环境地理上的填海为田，到人们身份的务农转商，这里从产粮重镇变身经济重镇，这般沧海桑田的巨变，放在其他国家，恐怕需要几代人数百年才能接力完成，而在中国，只需要短短一代人的时间就完成了，这样的奇迹只能发生在改革开放的中国。

而这股东风，就是陈海伦需要的东风，也是陈海伦见证的东风。

---

[1] http://www.bl.gov.cn/col/col1229020309/index.html。

1986年9月，以陈海伦为厂长的北仑钢琴配套厂成立。厂子不大，他们的主要客户就是上海钢琴厂。

如果说一个人最重要的器官是心脏，一辆车最重要的部件是发动机，那么钢琴最核心的部分就是弦律安装，它是技术含量最高的部位。

自钢琴诞生以来，钢琴的码克，一直都由熟练工人手工制作。这也是100多年前，来自北仑的木工在沪谋生时，能被外商谋得利老板一眼相中的原因——木工造宫殿造大桥，到做家具、做车轴、做大船乃至做小碗，榫卯相合，环环相扣。虽然制作对象不同，但原理相通，道理不变：为方以矩，为圜以规，直以绳，正以悬，万变不离其宗。聪明的木工师傅，能触类旁通。

早年的钢琴制造业强调手工操作的特点，非常适合家庭作坊式的生产营销，这种方式和宁波人本身抱团互助的传统相契合，经进一步固化，最后呈现的是当时的上海钢琴制造业具有家族垄断和同行垄断式的行业特点。

1949年新中国成立后，国家进行社会主义改造。原本散落上海大街小巷的钢琴制造厂家和卖家，都被纳入政府的统一管理，经过多次规整，到20世纪50年代基本都被并入上海钢琴厂。这也意味着，原来由宁波籍工匠和商人固守的领域，被时代和科技的进步打破。由外而内的冲击，也对钢琴制造业和钢琴销售业一直以来相对传统的制造和销售模式，提出新的挑战。如何回答时代给予的考卷，迫在眉睫。

等到"文革"结束，吹暖大地的改革开放春风，催生出北仑小五金厂和农机厂的同时,也撼动着原来国企铁饭碗的地位。国营钢琴厂还能继续走下去吗?

《上海二轻工业志》显示:"上海钢琴厂于1970年起先后以弦码钻眼机、锯音板框机和弦码接头机等机械加工替代手工,劳动强度减轻,工效提高十余倍,并使弦齿定位角度准确,避免肋木碰背,达到弦码接头规格化。"[1]

"钢琴的'心脏'——击弦机加工,自1976年引进联邦德国七轴铣床后变多道切削为一次成型。20世纪80年代中期,上海钢琴厂机修工人自制电控自动化轴架钻眼机。1984年,引进美国击弦机专用机床113台,细木加工设备17台,形成琴壳贴面流水线。"[2]

"1985年,又从意大利和美国引进G30夹板开料机、真空干燥机和两条挂弦(弦律安装)流水线。这些设备引进后,使坯件侧边不毛不裂,烘蒸木材只需三天就能投用,弦轴加工从手工变为气动,保证钢琴主要部件木材的稳定和外观美化,码克部件进一步规格化,击弦机的精密度与生产速度均有提高。"[3]

在这里引用关于上海钢琴厂的资料,并非出于偶然,是因为与宁波命运息息相关的上海,也影响着陈海伦人生的每一步。

具体到上海钢琴厂这个单位的沉浮盛衰与陈海伦的海伦钢琴的命运,也将在时间轴上呈现出意味深长、互为镜像的图卷。

---

[1] 《上海二轻工业志》编纂委员会:《上海二轻工业志》,上海社会科学院出版社,1997年版。
[2] http://www.shtong.gov.cn/dfz_web/DFZ/DulanMu?idnode=4474&tableName=userobject1a&id=-1.
[3] 同上。

宁波人管上海叫大上海。不管本身多么能干,看到上海会谦虚地说自己"从乡下来"。但乡下并不闭塞,事实上,乡下代表着不受约束的活力。

为什么是上海?

像大部分上海人都有一两个宁波朋友或者亲戚那样,宁波人身边也多少有几个上海的亲眷朋友。上海,对于宁波,就像兄弟那么亲切。陈海伦到上海寻求业务,和100多年前他的前辈毛文正带领宁波同乡前往上海打拼的举动,何其相似。

毛文正及其带领的木匠们,只是初代进城务工者。他们是真正意义上的乡下人进城,本身除了木匠和油漆手艺,并不掌握制造钢琴的核心技术。他们当时对上海及其所具有的现代化生活和商业规则是陌生的,他们所拥有的,只是吃苦耐劳的精神和团结互助的义气。

但陈海伦只身前往上海时,已经是一厂之长。改革开放的春风吹拂神州大地,这是一个潮起潮涌、群雄逐鹿、能者辈出的时代。陈海伦在商业世界和人情社会已经摸爬滚打多年,人情练达即文章,世事洞明皆学问。

成熟的陈海伦来到上海,在心中对全局有自己的见解。

但钢琴,究竟是什么?陈海伦到此时对钢琴还没有什么特殊的感情。做轮船也好,做家具也好,做机械也好,只要有订单就行,只要有需求,有图纸,他既能做出,也能保质,更能压价。

为钢琴做小五金,和其他的订单能一样吗?

相比"高大上"(即高端、大气、上档次)的钢琴,五金显得太小、太不起眼了。

金银铜铁锡，从大的说，能成就钢板、钢筋、万能角钢、工字铁等各种钢铁材料。从小的说，五金可以是建筑五金、家用五金、各种工具等。在任何一座城市，街头巷尾总有五金店。五金行业的准入门槛也低，几台机器，稍微受训的工人，就可以加工制造小零件。

相比其他行业，我们可以在网上查到五金业从业者对五金优势的概括：

其一，小五金是家庭生活、单位经营的必需品，市场需求广泛、客源充足稳定，从而保证开业后销售额的增长稳定。几乎每个人都有买过插销、灯泡、插头、水龙头的经历，小五金是各行各业都需要的商品，所以客户量特别大。

其二，小五金没有季节性约束，保质期、产品保存损耗等经营不利因素几乎可以忽略，经营事故及商品损失在各行业中最低。

其三，五金商品销售渠道，除了家庭日常所需，房地产、建筑装饰、楼堂馆所、工厂企业都有广泛的销售渠道，市场相当可观。

其四，五金行业的加价率比较高，也是很多创业者比较热衷选择五金的重要原因之一。

20世纪80年代末，陈海伦初到上海。在当时的环境下，上海钢琴厂犹如生物链上的一尾深海巨鲸。大鲸鱼的一举一动，能掀起业内巨浪，影响深远广泛。

当时，上海钢琴厂、北京钢琴厂、广州钢琴厂、东北钢琴厂是国内四大钢琴生产基地。相比这些大型企业，来自北仑的一家小小的五金厂，论规模论历史论影响，只是一尾依附跟随于巨鲸身后的小鱼。

但小鱼有小鱼的轻装上阵，小鱼有小鱼的灵动慧黠。

1986年，陈海伦做出一个决定：放弃其他业务，专门生产钢琴零配件。9月，北仑钢琴配套厂成立，陈海伦担任厂长。该厂主要向上海钢琴厂提供零配件，后来业务逐渐向当时国内四大国营钢琴制造企业以及欧美、日本等海外钢琴厂延伸。

上海，对于北仑大碶意味着什么？

它不仅仅是一个行政地名，也意味着一种机遇，一个梦想，一些更广阔的可能性。

站在神秘的时间轴上，俯瞰散落在不同时间点的看似无关、实则有趣的呼应和巧合，能够发现彼此之间割不断的传承。

当小鱼发力，可以改变潮流的方向吗？

答案是肯定的。

一百年前去上海的北仑人有答案，此刻的陈海伦也有答案。

十二、转折点：法兰克福

改革开放初期，国门甫开，市场经济的概念初步萌芽，打破了计划经济格局。对于在宁波北仑的创业者来说，来到处于速变前沿的风起云涌的上海，目睹发生在上海经济领域的变化，看到这里此起彼伏的先行先试的概念，此间种种举措和经济活动，像一位能引人入门的老师，给人以新的冲击和灵感。而飞速发展中的北仑，则像一个没有任何包袱的小伙子，能发挥百分百的主观能动性，灵活对接资源。

在接到上海钢琴厂的业务订单后，陈海伦回到北仑，带领厂里上上下下的员工，为上海钢琴厂生产五金配件。

如今，这家工厂已经不存在，但原先的厂房还在。

这是一家什么样的厂呢？究竟有什么样的规模呢？陈海伦决定带我实地看一看。

2020年7月，宁波地区的疫情已经处于可控范围。此时，人们出行、出游、购物、就餐，除了在公共场所要戴上口罩，一切如常。

陈海伦特意抽了一整个周末，开车带我重新回到这家他起家的厂。用他的话说，是为巨鲸做好零件供应的小小的乡下五金厂。

这家小小的五金厂，也就是后来北仑钢琴配套厂，如今作为中国·海伦钢琴股份有限公司旗下的钢琴配件厂，就位于距陈海伦出生地不远的村落小巷里。

在2020年走入的这样一个村庄，已经没有一点昔日的农家气息。周边不见一寸田野，路上不见荷锄而归的农人，村舍院落皆有翻修的痕迹，陈海伦童年记忆里，需要他天天割草喂食的猪羊小兔，也都没有了丝毫踪迹。如今的村子，只完整保留了经济腾飞四十年来的岁月痕迹。走入小巷子，道路两边是一派家家开厂、户户卖五金、人人做模具的场景。既有一户大小的家庭作坊式小工厂，也有高墙大院型的规整厂房。

陈海伦的钢琴配件厂就在这些厂房中间。

一眼望去，可以想象它早年的乡镇企业格局。简单的厂房里，没有任何装饰。简单的机器摆放在白粉刷墙、水泥铺地的厂房中，几个看上去有些年纪的工人正在机器下制造五金零配件。一筐一筐已经制作好的零件，如刚刚从田里收获的累累果实，整齐地码放在地板上。陈海伦随手捡起一个看，思绪也飘回创业之初。

一件小事，可以看到陈海伦温和外表下的倔强。

为了赢得一笔订单，有整整两个月，陈海伦和一线工人一起下车间做模具，没日没夜地加班直到完成。这笔订单为陈海伦赚来不菲的收入，也让他对自己的业务能力有了信心。

从1986年开始，用了十多年的工夫，陈海伦把小小的钢琴配件做到业内最佳。

1994年企业转制，陈海伦买下工厂，成为真正为自己打工的老板。他的名字，渐渐在钢琴配件领域为人所知。来自同行的认可，让陈海伦坐上了中国乐器协会材料分会会长的位置。

"零件虽小，也是一个完整的产品。"陈海伦说。抱着"既然是一个产品，就要做出最好的产品"的信念，陈海伦把品质看得很重，也为自己赢得了尊敬。在同行口中，他获得了"配件大王"的美誉。

这是一段风光无限，也可以说是衣锦还乡的时光。作为一个自幼丧母，只读了四年书就辍学的孩子，在经历到农田干活、出苦力围海造田，每天只有微薄收入的日子后，此时的陈厂长，富了。

陈海伦的儿子陈朝峰犹记得童年时父亲和母亲在厂里忙进忙出的场景。随着生活水平节节高升，经济的宽裕，也给孩子带来了成长期间更多的自信和安全感。

陈海伦结婚时，空落落的一间房间里只有一张大床、一张桌子和一个衣橱。但在陈朝峰的成长过程中，各种流行的事物丰富了他的眼界，当时还算时兴货的进口文具、衣服，乃至随身听和电脑等，都被送进了陈朝峰的房间。

再也不用担心只读四年书就要辍学了，也不用担心16岁就要外出当农民工了。家里的房子越住越大，车子也更新换代。老爸陈海伦的坐骑，也早就从自行车变成摩托车，又升级成了轿车。

这段时间，陈海伦的夫人在厂里抓生产，陈海伦则负责所有的对外联络和销售事务。订单越来越多，效益也越来越好。产品质量过关，业内信誉颇高，生活也越过越滋润。此时的陈海伦已经实现了童年的所有的目标和追求，甚至比自己少时的梦想更棒。但所向披靡的"大王"，忽然被当头棒喝。

给陈海伦这一打击的，不是国内的竞争对手，而是万里之外的德国法兰克福。法兰克福，是德国，乃至欧洲枢纽城市之一。这片位于黑森林的美丽土地，拥有德国最大的航空枢纽和铁路枢纽。法兰克福国际机场是全球最重要的国际机场和航空运输枢纽之一，也是仅次于伦敦希思罗国际机场和巴黎夏尔·戴高乐国际机场的欧洲第三大机场。作为欧洲重要的工商业和金融服务业中心，全城拥有数百家银行，经营着德国85%的股票交易，拥有德国排名靠前、精英聚集的法兰克福大学。

法兰克福还是著名的国际会展中心城市，每年至少有50场重要展览在这里举行，是欧洲大陆最繁忙的展览场所。主要展会有国际汽车展、传统的图书展、全球最大的消费品展等，还拥有声名远播的国际乐器展。

法兰克福国际乐器展，全称法兰克福国际大型活动及通信技术、音像制作及娱乐展览会。这是全球该行业从业者都仰望的标志性展会，也是行业内最成功的国际性顶级展览会之一。在这里，每年，灯光音像、录音、录影及舞台技术方面的最新趋势都会在第一时间呈现给观众。

在一份2018年媒体报道的法兰克福国际乐器展的资料中可以看到，当年展会共有9个展厅，另外在法兰克福展览中心的西侧还有室外展区。参展品牌包括Adam Audio、卡西欧、雅马哈等1803家参展企业，体现了展会的国际化。

1999年，作为中国钢琴配件大王的陈海伦第一次受邀参加国际乐器展。站在法兰克福国际乐器展的大厅里，眼前丰富的展品和国际化的交流盛况，令他印象深刻。

从北仑的小五金车间，飞跃大洋来到欧洲中枢，琳琅满目的异域文化和外国商人的处事方式，都给了陈海伦耳目一新的感觉。

1999年，欧洲刚刚开始启用欧元，标志着欧洲一体化迈向重要一步，此时的中国经济实力还在崛起中，距离世界贸易组织（WTO）接纳中国，还有两年时间。对于这次刚刚开始在国际会展上亮相的中国商人，恐怕外国展商还没有充分的认识。

也就是在这一年的法兰克福国际乐器展上，陈海伦在一家美国厂家的展台前驻足观看对方制造的钢琴配件，当他礼貌地递过去名片，试图和这位外国同行交流业务时，对方不屑地说：在钢琴的生产上，欧美已经有300多年历史，而中国只是小弟弟。言下之意是，你们不懂得钢琴。

面对陈海伦带去的钢琴配件，外国客商根本不愿细看，而是先入为主地咬定，"中国制造"是廉价和低质的代名词，你们不会做出好产品的。

对方又说："China，no！"这句话如此简单，又如此沉重，即便不擅长英语，陈海伦也完全听懂了。

在这些外国乐器厂家眼里，中国钢琴厂造出来的钢琴不配被称为乐器，只是玩具。他们嘲笑当时的中国钢琴行业不是为用户提供美好的体验，而是在浪费资源。

不是因为质量不过关，而是因为国籍被拒绝，这让陈海伦受到了强烈的刺激。在之后的人生中，在许多次接受采访和与人聊天时，他都会说起这一幕。

这一幕带给他强烈的羞辱和刺痛，让他恨不得立刻离开法兰克福，回到祖国。但内心深处，又有一股巨大的不甘心涌现出来：我一定要争一口气，让外国人看看，我们中国人也能制造出世界一流的钢琴。

也就是在这次会展上，陈海伦发现，他心目中如巨鲸般的国有大型钢琴生产基地生产的钢琴，并不受待见。当时国产钢琴每台售价人民币1万元，但欧洲钢琴单价高达人民币10万元。而且几乎所有的厂商都默认，贴上"中国制造"的标志，等同于廉价和质劣。

不说钢琴整琴，单说小小的零件。一颗小小的钢螺钉，陈海伦这个配件大王生产的引以为豪的小零件，当时只能卖出每个0.4元的价格,但欧洲生产的同类钢琴配件售价能高达4元,且其他零配件的售价普遍比中国制造高出8倍,却广受欢迎。[1]

陈海伦意识到,在国内做配件,虽然也非常重视产品品质,但还是以价格便宜取胜。在国际市场上,从更大的格局,可以看见外国同行更超越眼前薄利的思考:产品质量比价格更重要,且只有高技术才能带来可观的经济效益。

如果陈海伦的创业人生是一本小说,那么发生在1999年法兰克福国际乐器展上的这一段对话,这一次刺激和受辱,就是整本小说情节最关键的转折点。

---

[1] 宁波市工商联:《甬商好故事》,北京:中华工商联合出版社,2016年版。

十三、码克，来自北仑！

法兰克福富饶浪漫，是许多文学家和艺术家屡屡提到的欧洲城市。大文豪歌德出生于此。中国自1957年开始参加的国际图书博览会也是在这里举行。法兰克福拥有欧洲最美丽的都市摩天大楼天际线之一，从法兰克福大教堂顶端俯瞰，名胜古迹、文化场所被美因河和莱茵河环绕，景色宜人。

但这座美丽的城市，也让陈海伦内心受到深深的刺痛。不过从另一个角度看，这一下刺痛也给予陈海伦巨大的反向激励。

本来只是着眼于订单、数据、业绩、盈利的五金配件厂厂长，现在怀着一个大大的梦——他立下了振兴民族钢琴企业的决心。

这一年，陈海伦44岁。

一个男人，在不惑之年，已经拥有了足以称得上成功的事业。从贫寒的童年走来，从艰苦的青年时期奋斗至今，或许在经济条件改善后，很多创业者都止步于此，高枕无忧，沉溺于享受，或者从此意气消沉不自知。然而，陈海伦在异国他乡，在国际同行不屑的眼神中，被激发出强烈的民族自尊心，并在这一刺激的驱动下，开始人生下半场的创业。

现在，他要面对的，不是改善生活或者证明自我，而是一个更为崇高的目标。没有任何一级政府或者行业协会给过他如此的压力，但陈海伦决心要担负这样的责任。

他回到北仑，看着车间里自己引以为豪的零件，想着国内同行对他的"配件大王"的赞誉，开始设想走出一条新路子——研发钢琴核心配件，提升产品技术含量。

北仑，它不像魔都上海那样十里洋场、灯红酒绿、早早步入现代化，也不像浙江省城杭州那么烟雨江南、人文底蕴深厚、诗意绵长。相比前者，北仑略显粗粝和乡土，相比后者，北仑又显得偏安一隅、名不见经传。但海岸线的得天独厚，让它占据天然优势，在商贸往来的时代，生机勃发、独占鳌头。

在中国浙江省东部，在中国东南沿海，坐落着宁波这一重要的港口城市，她是浙江第二大城市，也是长江三角洲南翼经济中心，下辖6个区、2个县，代管2个县级市。其中的北仑，位于宁波市境东部。

北仑地处穿山半岛，位于浙江省陆地最东端，三面环海，北临杭州湾，南临象山港。地理坐标介于东经121°38'50"至122°11'00"，北纬29°41'30"至30°01'00"之间。其得名于其境内的深水港——北仑港。北仑东部峙头洋面与普陀区交界，南部梅山港洋面与舟山市普陀区、宁波市鄞州区交界，西部自甬江至象山港洋面与鄞州区接壤，陆地边界线勘定全长44千米，西北部以甬江中心线与镇海区交界，北部金塘洋面与大榭开发区和舟山市交接。

翻开历史，地方志资料显示：北仑区境内，早在夏、商时代属"东夷"地，后来属于越国。自公元前222年秦置会稽郡，下辖句章、鄞、鄮三县，北仑就属鄮县（东境）。此后到唐朝高祖武德四年（621），属鄞州。几经变迁后，鄮县改为望海县，后改名为定海县。宋神宗熙宁十年（1077）划鄞县东境之灵岩、泰邱、海晏三乡归定海县，和原属定海县之崇邱乡一起，该区全境始属定海县。清康熙二十六年（1687），定海县更名为镇海县（次年在舟山昌国另建定海县），1949年至1985年镇海撤县（其中1958年11月至1962年镇海县一度撤销，归宁波市。1984年划部分地建滨海区），该区境均属镇海县。1985年7月，镇海县撤县划区，以甬江为界，南为滨海区，北为镇海区。1987年7月，滨海区更名为北仑区。

当我第一次走进中国·海伦钢琴股份有限公司的办公楼大堂时，我想着欧洲作坊里克里斯多佛利第一次制作完成世界上第一架钢琴时的场景，与眼前海伦钢琴公司的大堂彼此重叠。

公司大堂的地砖巧用黑白两色，铺成钢琴琴键的样子，抬头一看，上方空间的装饰也无不以钢琴元素点缀，似乎一切都在向某个主管乐器之王的神灵展示诚意。

乘坐电梯进入董事长办公室，见到待客沙发前放置水果茶具的茶几上，放着一个 A4 纸大小的摆设。粗粗一看，似乎是一套木制的小锤子，仔细看，才发现原来是一个琴键连着琴槌。按动机械这一端的琴键，另一端的琴槌随之而动。我想，这真是钢琴公司才会选择的装饰，也只有钢琴公司的老板，才会选择击弦机装置模型作为房间摆设。

黑白游艺的琴键元素遍布公司公共区域，而钢琴制造的灵魂，小巧到可一手握住，就放在大楼内部最重要的办公室里。

击弦机是整部钢琴最重要的配件，它的英文是 action，有行动、务必要做之意。我们最常听到这个单词的场合，是拍摄电影的现场，演员就位，摄像准备，灯光打好，万事俱备，只等导演说一声"Action！"，场记敲落场记板。

打板声响，"Action！"才是一个故事开始的时刻。究竟，诞生于佛罗伦萨作坊里的钢琴，在获得西洋乐器之王的美誉后，是如何与中国大陆上位于浙江省陆地最东端、三面环海的北仑产生联系的呢？

码克，由弦列、音板、弦轴板、码桥、背柱和铁骨组成，是钢琴的音源系统，也直接影响钢琴的音色及稳定度。可以说，一架钢琴的工艺好坏，百分之六十由码克的好坏决定。

在 21 世纪之初，西方古典音乐发祥地的欧洲和注重产品质量与工匠精神的日本，共同垄断世界钢琴行业中最优的称号。相比强调手工技术的欧洲，着力于批量化生产的日本都显得略逊一筹。中国在这两大强手之间，能开辟出自己的立足之地吗？

来自国际同行的不屑没有打倒陈海伦，倒成就了陈海伦师法的决心。

要掌握核心技术，就需要有核心人才。

通过多方面的努力，陈海伦北上星海乐器，与具有多年钢琴制作经验的曾兴华见面，请他担任公司的技术开发总工程师。

当陈海伦见到这位比自己年长四岁的钢琴制造高级工程师时，陈海伦坦言慕名已久。而曾兴华也开门见山表示，"配件大王"陈海伦的名字对自己而言，早已是如雷贯耳。

曾兴华并非音乐或者艺术专业出身，而是一位不折不扣的理工男，具有工科男的严谨。但是没有浪漫细胞的曾兴华和没有艺术背景的陈海伦相遇，却在钢琴制造这个话题上，有着英雄敬英雄的惺惺相惜。

南下北仑，对常年在北方钢琴重镇生活工作的曾兴华来说，是一种挑战。但曾兴华也在陈海伦的三顾茅庐中，看出这位南方企业家的求贤若渴。

2001年，海伦乐器配件有限公司（海伦钢琴股份有限公司前身）成立。曾兴华坐着飞机，提着行李，带着一腔创业的热情和对民企的信心南下。此时的北仑，已经是一片方兴未艾、创业创新的热土。

陈海伦决定大刀阔斧对技术进行投资。在陈海伦不计成本、倾其所有的支持下，经过长时间的筹备，码克的研发和生产拉开了序幕。经过1000多个日夜，总工程师终于拿出了码克的技术图纸。

陈海伦的妻子金海芬带领工人们开始生产码克，而陈海伦放下厂长的身段，像一个初出茅庐的小销售员一样，开始自己跑业务。

后来陈海伦在接受《清华管理评论》采访时说，"从我下决心做码克的那天起，我就对我们的产品定位非常高，当时国内生产码克的技术最多就是三轴联动，后来我到了日本，发现了日本用来加工飞机螺旋桨的五轴联动，于是我就在2001年初去订购了这个设备来加工码克。"

2002年，陈海伦在一次公司会议上，向大家说明了这一次投资的决心。

底下一片愕然，有惊讶，有不解，有期待，也有惶恐。放着驾轻就熟的钢琴配件不做，而是投入大量资金做码克。尤其是当看到老板提出的巨额数字——4000多万元，这些勤俭持家、多为农民和工人出身的员工都惊呆了。

一些从塔峙公社农机厂开始就追随陈海伦的元老，内心更是七上八下。老板怎么会有这种破釜沉舟的决心？法兰克福乐器展上外商的刺激，对一个民营企业家来说，真的这么重要吗？

当时宁波的房价是多少呢？2000年，天一家园一平方米2200元，东海花园一平方米不到2300元。2001年世纪城开出4400元一平方米的价格，已被视作天价。

4000多万元，对一家民企来说，是巨大的投入。陈海伦打算用这些钱引进日本高科技钢琴专用设备和数字控制生产线，改变传统的依赖手工的制造方式。

后来陈海伦在向撰写《从"跑龙套"到"唱主角"：海伦

奏响美妙琴音》一文的作者彭新敏和史慧敏回忆这段历史时，重述了当时说服企业内部员工的言辞："其实这个计划我已经考虑很久了，并不是心血来潮做出的决定，有关其中的一些重要问题我和工程技术中心的主要负责人都详细谈过，可以一试。"

陈海伦和技术负责人根据企业当时的情况和当时国内外钢琴制造行业的形势，对这个计划进行了详细的阐释说明。经过多次商讨，大家最终同意了这项大型投资计划。

数控机床保证了钢琴零部件的高精度和高标准化。为了彻底摆脱传统的放样、模仿、测绘、实物试制修改的研发模式，陈海伦率先在国内全面使用 CAD、CAM、3D 动漫、数字模拟、数字比对优化等先进手段，将原本长达两三年的产品研发周期缩短至两三个月，让每个关键生产环节都达到极高的精准性。

4000 多万元，一部分用来引进日本五轴联动 CMC 加工中心等专用设备，一部分用来聘请欧洲各国、美国以及日本的钢琴设计大师，还有一部分投资在公司自己的钢琴制造工程技术中心上。

多年之后，海伦钢琴的元老之一胡汉明在采访中谈及这一点时打过这么一个比方："就像游标卡尺（一种高精度的量具）和卷尺的区别，当别的工厂在用卷尺测量制作产品的时候，我们在用高精度的卡尺进行作业。如果各个方面都依据着这样的标准，海伦公司生产的码克能脱颖而出也就很符合情理了。"

在研究阶段，创业团队设计建立了从打孔机、背架、铣背刀到最终装配的全套数控系统，以全数控定位代替人工定位。

巧妙地用独有的铝中盘取代传统的细木板中盘，使得中盘变形从 2—3 毫米降低到 1 毫米以内，从而保证了钢琴长久使用后的音色和手感，克服了传统的木质钢琴容易变形的难题。

在引进曾兴华的同时，海伦公司先后投入巨资，聘请了来自维也纳的彼得·维莱茨基、美国的乔治·弗兰克·爱姆森、奥地利的兹拉科维奇·斯宾、日本的江间茂等钢琴制作、设计、调音方面的专家来公司长期指导。

外援和内行的加盟，让陈海伦梦想成真。

2003年，海伦公司的码克一经推出，就得到了业内的肯定。曾经羞辱中国制造的欧洲市场，最早给予海伦认可，大批欧洲顶尖钢琴企业的关注和好评纷至沓来，并向北仑递来橄榄枝。

这一仗胜得惊险又精彩，民企老板的眼光左右着企业的发展，陈海伦对行业和市场的准确预见再一次得到证实。发展到后来，年产三万台的码克除了满足自用以及国内厂家的订单，还有一部分销往欧美和日本。

事实上，从这个时候开始，陈海伦已经引起了中国钢琴制造业的注意，他的为人、产品的实力以及公司的后劲为业内所熟悉。所以，当后来听说陈海伦将不止步于钢琴配件，而要参与生产钢琴整琴时，许多掂量过陈海伦实力的业界人士的第一反应是：劲敌来也。

十四、铁三角

曾兴华,是个百分百的北方汉子,说一口北方话,爱吃北方的食物,人生前半段和江南毫无关系。

他从小在北京念书,从北京工业大学机械分校机械制造专业、北京轻工业职工技术学院企业管理专业,念到首都经济贸易大学企业管理专业。大半辈子过去,几乎从未离开北京。

参加工作后,他先后在北京乐器厂、北京钢琴厂担任工程师。从1988年至2007年,他一直就职于星海钢琴,历任北京星海乐器联合公司质量管理部部长、北京星海乐器有限责任公司总经理助理及对日合作办公室主任、星海钢琴技术副总监兼技术开发部部长。

要不是进星海,他不会关注钢琴的技术核心,要不是负责这些工作,他不会遇见为星海提供钢琴零件的陈海伦,要不是认识陈海伦,他也不会萌生一个念头:离开北京,去一个从未去过的城市——宁波。

江南的风土养人，曾兴华常呼吸着东海海风里的咸味，感慨命运的有趣。几乎跨过大半个中国，他的生命和陈海伦的生命交织在一起。眼前的人，不只是业务往来的伙伴，也不只是专注钢琴品质的知己，更是休戚与共的并肩奋斗者。

他不会忘记那改变命运的一刻——有一天，来星海洽谈业务的陈海伦向他发出邀请：到我这里来。

如果说海伦钢琴是一辆飞驰的马车，那带领马车全速前进的动力源头有三个，这是陈海伦对海伦钢琴腾飞的比喻：陈海伦自己、负责公司内外事务的妻子金海芬以及远道而来的管理技术的总工程师曾兴华。

曾兴华来自星海钢琴。

星海，来自中国近代著名音乐家、谱写《太行山上》和《黄河大合唱》的音乐家冼星海的名字。

星海钢琴在新中国具有悠久的钢琴制造历史，早在1949年6月1日，便创建了中国第一家乐器工厂。1950年，自主研制了新中国第一架立式钢琴。1954年，制造了国内第一架卧式钢琴。1959年，为人民大会堂特制了世界上最大的十五英尺的卧式钢琴。1962年，率先引进德国设备用于钢琴制造，改变了手工作坊式的钢琴生产方式。在陈海伦开始进军钢琴制造业的1986年左右，星海钢琴已经率先实施大规模技术改造，使得钢琴年产量由4500台增至3万台，年出口钢琴1万台。

星海钢琴的官网资料显示：到1989年，星海率先引进国外智力，聘请德国钢琴制造专家劳瑟·切尔到厂任职，从而打破了中国固有的传统钢琴生产模式。进入1990年，中国第一家钢琴合资企业——北京海资曼钢琴有限公司成立。1995年，公司率先与国外著名钢琴生产企业日本河合乐器制作所（KAWAI）开展生产技术合作。1996年，与香港粤华联合开发"海乐尔"系列钢琴，出口30多个国家和地区。2003年，星海牌钢琴率先荣获"中国名牌"荣誉称号。2006年，星海牌钢琴连续两次被评为"中国名牌"产品。

在星海工作期间，曾兴华参与的1130S立式钢琴开发项目于1991年获得中国轻工业联合会科技进步奖，1992年获北京市科学技术进步奖一等奖；1997年他取得高级工程师任职资格，2001年被日本河合乐器制作所株式会社聘为中国生产卡瓦依钢琴技术品质管理者；参与的"用新技术创造精品钢琴"项目于2006年获得北京一轻科学技术进步奖二等奖，"击弦机设计与制造"项目获得北京一轻科学技术进步奖三等奖。

在星海钢琴看到宁波人陈海伦带着五金配件来询求合作时，曾兴华就对他的商业头脑留下深刻印象。2001年起，曾兴华正式就职于海伦钢琴。他的到来，本身也是对陈海伦魅力和能力的认可。

有这么一位总工程师加盟，陈海伦如虎添翼。

有着丰富的钢琴配件生产经验的陈海伦和渴望有更自由舞台的曾兴华合作，一起攻克被外国企业垄断的码克技术，终于紧握钢琴生产的"生命线"，让"中国制造"的钢琴在国际市场上赢得认可成为可能,也让扳回一局成为可能。

仅时隔四年,曾经促使陈海伦下定决心的德国法兰克福乐器展览会,再次迎来这位来自北仑的不服输的企业家的挑战。

2003年,有备而来的陈海伦,带着用和曾兴华一起自主研发的码克技术做出的核心配件来到展会。与上一次不同的是,这次的核心配件凭借精细的制作赢得了一向挑剔的欧洲钢琴企业的交口称赞。

再也没有"China,no!"取而代之的是"China,yes!"

海伦钢琴终于在世界钢琴市场站稳了脚跟。"掌握了码克技术,我才算真正接触了钢琴的'生命核心',对我们的产品也更加有信心。"陈海伦后来回忆这次胜利时,志得意满。

一个成功的男人背后,必然有一位贤内助。

如同钢琴上黑键和白键的交织,每组琴键中包含7个白键和5个黑键,7个白键表示7个基本音级,5个黑键穿插白键之间的半音,使每组12个键中相邻两键之间音程距离相等,都是半音,这就是所谓"十二平均律"。

黑键与白键紧紧相依偎,如同陈海伦和妻子金海芬,是生活中的伴侣,也是工作中的搭档。在陈海伦每一次超越自我的时刻,在企业每一个发展的重要节点,两个人总是并肩迎战。

金海芬也是北仑大碶人,虽与陈海伦在不同村长大,但年纪相仿,经历相似,彼此知根知底。20岁出头的年纪,当她经人介绍和陈海伦结婚时,金海芬只是当地一家电风扇厂

三

的女工。但乡镇企业一线出身的她,对管理工厂和产品质检很有一套。

当年,陈海伦每天下班后用自己的自行车送老厂长回家,也让老厂长对这个年轻人动了做媒的念头。慧眼识珠的老厂长将电风扇厂的一位女工介绍给了陈海伦,她就是金海芬。

和同时代的青年一样,受益于改革开放的春风,金海芬不用重复父辈务农的脚步,得以进厂成为一名女工。金海芬比陈海伦小四岁,为人爽利、能干,做事仔细、考虑周全。工厂车间一线女工出身的她,对产品的质量非常熟悉,对一线工人的优点和缺点也了然于心,所以她在日后给了陈海伦许多帮助。

"两片海"的结合,终于给了幼年丧母的陈海伦一个家。一家之主的新身份,也给了陈海伦无限动力。

一个他日后常常会和儿孙们分享的故事是,准备结婚时,由于家境所限,拿不出许多钱。他为了筹备婚礼,便在夜里大家下班后,加工做模具,昏天黑地地做了整整两个月,硬是一个人做完几个订单,赚了一万多元,在老家边上搭建了新房,买了家具,风风光光地操办了婚事。

婚后的金海芬,不仅操持家务,也为丈夫的事业承担了许多。在工厂,她和丈夫分工明确,她负责厂里的生产管理,丈夫负责所有的对外业务、销售和公关。

金海芬笑起来眼角弯弯,一头烫卷的短发,两个酒窝,几乎从不在媒体前露面。海伦钢琴对外也只是推出陈海伦的个人形象和名字。

但时至今日，在海伦钢琴走一圈，就知道一线工人们最怕的倒不是陈老板，而是金老板。金海芬的火眼金睛让大家心生畏惧。金老板到车间来，工人们都会更紧张、更谨慎，因为再细小的错误，也逃不过金海芬的眼睛。

陈海伦对妻子也是赞誉有加：妻子做事细致有条理，没有她，就没有海伦钢琴。

经过多年砥砺同行，2016年，陈海伦夫妇迎来创业生涯的高光时刻。

这一年，他们携手来到奥地利首都维也纳，肩并肩共同获得"尚彼得奖"时，这一对一路风雨同舟走来的北仑夫妇，心里究竟在想什么呢？

"尚彼得奖"是为纪念著名美籍奥地利政治经济学家约瑟夫·尚彼得而设立的。该奖项考量的核心是"创新性"，即表彰在经济学研究和经济政治领域具有开拓创新精神并发挥引领作用的杰出人物。该奖项历届获奖者包括德国总理科尔（1993年）、大众公司董事长皮耶希（2000年）、欧洲中央银行行长德拉吉（2014年）、英国经济学家斯特恩（2015年）等。2016年这一重要奖项为设立以来首次颁发给音乐文化领域的企业家，这也是中国企业家首次荣获此项大奖。

美丽的奥地利，欧洲的音乐之都。知名音乐评论家刘雪枫曾说，世界上没有一个城市像维也纳那样，集中了如此多的音乐家故居和遗迹，它在两三个世纪前就是音乐的"世界之都"。今日维也纳的"金色大厅"、国家歌剧院、民族歌剧院、"河畔"

剧院和音乐厅等每日汇集的高水平演出，仍使这座历史悠久的繁华都市享有"欧洲音乐心脏"的美誉。

奥地利前总理——"尚彼得奖"主席弗朗茨·弗拉尼茨基和中国驻奥地利大使李晓驷，在为陈海伦夫妇颁奖的仪式上致辞。

弗拉尼茨基告诉新华社记者："创新是推动经济发展的动力之一，陈海伦夫妇获奖正是因为他们取得的成绩符合这一奖项的创新标准。"维也纳音乐与表演艺术大学音乐声学院院长维特霍尔姆在颁奖致辞之时，也盛赞陈海伦夫妇在企业经营及转型过程中体现出的创新精神。

创业起步，作始也简，夫妻店的生产方式，要维持一个小作坊容易，但做到企业上市，掌舵者恐怕要脱层皮。

三人合力，其利断金，一路走来风雨同舟，恐怕真的是甘苦自知。这其中付出的心力，是否是在海边拉石头、被海风吹得瑟瑟发抖的青年陈海伦能料想得到的呢？

答案，或许可以在海伦钢琴办公大厦里一窥究竟。

海伦钢琴董事长办公室的墙上有块醒目的书法匾额，上书"海伦兴华"四字。兴华，暗合的当然是曾兴华，国内最权威的钢琴设计师之一。海伦，自然就是从做五金配件厂起步的陈海伦。将两个人的名字合在一起，也有振兴中华的意思。

来自欧洲法兰克福展会展台前的刺痛，最终驱动三驾马车驰向奥地利的领奖台。一个人的心意和志气，虔诚坚定到这种程度，以至于成就这样一番事业。

此时的陈海伦完成了事业版图的扩大，但更重要的是，他完成了心灵的超越。往后的工作，早已超越了想要温饱或者致富的需求，他接下去所做的每一个决定，都是为了超越自我，超越更大的目标。

十五、携手文德隆

纵观钢琴的制作历史,各国、历代的能工巧匠都将自己的匠心独具汇入其中。

自从钢琴被意大利人发明出来之后,德国管风琴师、制作师戈特弗里德·西尔伯曼(一译西尔曼),在1730年根据一份绘制得极不准确的意大利钢琴草图,借鉴1709年克里斯多佛利的发明,制造出了德国第一架钢琴。

一个故事说,西尔伯曼把这架琴送到他的老乡,出生于德国图林根州的埃森纳赫,巴洛克时期的德国作曲家、键盘演奏家、音乐大师巴赫那里鉴定,巴赫不屑一顾,只是说道:"触键太重,高音音色太弱。"随后还提出了一些建议。在采纳巴赫的建议之后,西尔伯曼于1747年对这架钢琴加以改进。同年,巴赫在波茨坦进宫晋见腓特烈大帝时就弹奏了西尔伯曼制作的新型钢琴。[1]

西尔伯曼对钢琴改革的主要贡献在于对钢琴制音器的运用。他利用手动音拴使全部制音器离弦，从而让钢琴的音响效果更丰富并具有一种神秘的色彩。

至18世纪中叶，人们对钢琴的制作工艺实行革新，使其演奏性能日益完善。至此，所有的钢琴都形似羽管键琴——大致像我们现在的卧式钢琴，弦处于水平位置，与指键的方向相符。[2]

第一架形似古钢琴的钢琴被称为方形钢琴，是克里斯多佛利制造的，紧接着制造方形钢琴的是西尔伯曼的徒弟聪佩。聪佩后赴伦敦并把当时常见的长方形钢琴传到那里。[3]

请记住西尔伯曼这个名字，西尔伯曼及其弟子在钢琴的变革中起着主导作用。西尔伯曼的名徒们，被后代的钢琴制造者称为"十二弟子"，他们分别制造出两种不同风格的钢琴，即"维也纳式击弦机钢琴"和"英国式击弦机钢琴"。它们具有不同的机械性能和不同的音响效果，由此形成两大钢琴制作流派。这两种流派，也对当时的音乐家们产生了具有历史意义的影响。其中，"维也纳式击弦机钢琴"的键盘触感较轻，能够弹出快速的音符，音色变化细微，在与管弦乐队协奏时，音色对比清晰。这正符合莫扎特温文尔雅又富有歌唱性的快板音

---

[1] 郭义玲等：《钢琴基础教学指南》，哈尔滨地图出版社，2008年版。
[2] 冯志远：《教你学钢琴弹奏》，沈阳：辽海出版社，2010年版。
[3] ［英］肯尼迪，布尔恩：《牛津简明音乐词典》（第四版），北京：人民音乐出版社，2002年版。

乐需要。[1]

约翰内斯·楚姆佩，是西尔伯曼的名徒之一，他于1760年来到英国，成为著名钢琴制作师，他的产品被称为"英国式击弦机钢琴"。巴赫和克莱门蒂对英国式钢琴的发展起到了进步的促进作用，这种钢琴触键感觉较重，但声音浑厚深沉，正适合于克莱门蒂那坚实有力的音乐风格。

莫扎特的大名毋庸置疑，他和克莱门蒂是当时旗鼓相当的钢琴演奏家，由于演奏风格不同，他们分别使用结构各异的维也纳式钢琴和英国式钢琴。

一件轰动一时的大事是，1789年1月，莫扎特和克莱门蒂在奥地利国王的王宫里举行了世界上第一次钢琴演奏比赛。有了皇室观众和上流社会的认可，以及音乐大师的加持，这次比赛对提高钢琴在诸乐器中的地位起了重要的作用。

跟随着西方古典乐大师的脚步，从《牛津简明音乐词典》里继续爬梳钢琴的历史：在法国，艾拉尔制造方形钢琴，后来又制造卧式钢琴。奥地利人施泰因也在制作钢琴的过程中找到了一种使卧式钢琴琴键触感更为轻便的方法。到了1775年，费城首次出现了美国制造的钢琴。

19世纪中期，立式钢琴取代了方形钢琴。

由此可见，钢琴在它诞生的头一个世纪中经历了多次改良。

时移世易，制造钢琴的世界在变，演奏钢琴的人在变，钢琴上发出的旋律在变，钢琴本身也在发生变化：从笨重古板到

---

[1] 王群益：《辩证钢琴教学法》，长春：东北师范大学出版社，2017年版。

线条流畅、从庞然大物到身姿美观，从声音尖利粗糙到细腻又洪亮。

到 18 世纪后期，钢琴已登上"乐器之王"的宝座。

所以不妨这么说，钢琴虽然在意大利诞生，却在德奥和英国发展成长。而奥地利，对陈海伦来说，也有着非常重要的意义。

在这个见证钢琴发展的欧洲国家，有一个名为文德隆的钢琴制造家族，它将与千里之外中国宁波北仑的陈海伦，产生命运的联系。

此前，不管是做五金配件还是制造码克，毕竟都还是零件。要走上生产钢琴整琴的道路，陈海伦还需要一个推手。虽然有傲慢自大的外国商人瞧不起陈海伦，但也有慧眼识珠的外国商人助力陈海伦。深深刺痛陈海伦的是欧洲人，鼓励陈海伦从制造钢琴配件到生产钢琴整琴的也是欧洲人。对方，就是来自奥地利"文德隆"钢琴品牌的负责人——年轻的彼得。

话说，一直为上海钢琴公司提供五金小零件的陈海伦，因为业务往来，常常往返沪甬两地。当时的上海钢琴公司与奥地利的文德隆品牌合作，为其组装钢琴，而一些钢琴零部件就来自陈海伦的工厂。因为生意上有所交集，陈海伦与文德隆负责人彼得也彼此认识。

大家都是"钢琴人"，聚在一起聊天，三句话不离本行，自然也是谈论钢琴。钢琴在欧洲、在中国的情况，也是他们最关心的。随着 21 世纪的到来特有的弊端也在快节奏的商品经济浪潮中暴露无遗。

一次偶然的机会，彼得和陈海伦谈到了中国钢琴制造技术方面的问题。文德隆也坦言，对于中国钢琴制造厂家在技术上潦草、马虎的态度非常失望。

谈到后来，彼得突然话锋一转："你的企业既然能生产出这么好的码克，那为什么不能生产组装出好品质的钢琴呢？"

说者无心，听者有意。

如梦初醒一般，陈海伦忽然感到笼罩在自己身上的迷雾呼地被风吹开了。

就是这次看似随意的谈话，让事业顺风顺水的陈海伦下定了决心。在攻克下码克技术后，他的又一个目标出现了：生产整琴。

但在当时，刚刚斥巨资攻克码克核心技术的陈海伦，手里没有技术人员能够生产整琴。没想到，彼得一拍胸脯表示，不用担心，没有人才，我来帮助你们！

话音刚落没多久，彼得就着手联络。很快，来自文德隆的技术人员就飞到了北仑。面对奥地利伙伴的无限信赖，陈海伦也发出掷地有声的宣言："我用信誉来担保产品的质量，我的名字是企业的名字，也是产品的名字。我的产品做得不好，人家肯定会骂我：陈海伦人品不好，产品质量这么差，偷工减料，欺骗消费者。这个产品有我自己的信誉在里面。"[1]

一语点醒陈海伦的文德隆，本身也是脱胎于家族传承的百

---

[1] 刘焕丽，俞苗：《依靠科技创新　打造自主品牌》，载《大众科技报》2006年9月21日。

年品牌。

奥地利"文德隆"（WENDL&LUNG）钢琴品牌，始创于1910年，四代家族制琴技术传承，历经了两次世界大战的洗礼和多次行业萧条与复兴的磨炼。从某种意义上说，陈海伦当时面临的一些困惑和自身所具有的优劣势，文德隆也曾亲历。当陈海伦"只缘身在此山中"时，超然于外的奥地利友人，用旁观者的视角，给出了直接、客观的建议。

这里根据文德隆品牌官网资料，来简单介绍一下文德隆的历史，以及这位彼得，究竟是什么来头。

早在1890年，奥地利的Stefan Lung在BRüDER MIKULA钢琴工厂学习钢琴制造，之后出师于奥地利维也纳制琴厂。在熟练地掌握当时所有钢琴制造技术之后，年轻的Stefan Lung便在1910年建立了自己的钢琴工厂，开始在维也纳第六区生产琴壳和音源（码克）。同年，工厂迁址于同一区的Aegidigasse 6号，在那里生产出初架钢琴。他与Johann Wendl合作，文德隆公司正式商业注册。这是初代文德隆的创立。

文德隆钢琴在整个欧洲和近中东地区销售。文德隆数款三角钢琴因为其丰满和富有感染力的声音成为当时的畅销产品。1926年，文德隆钢琴的产量超过1000架，公司迁址于Mariahilfer大街101号，作为公司的总部，直至2004年。

第二代文德隆是Stefan Lung的孩子stefanie。在那个时代，职业妇女的成就还不被重视，但她通过自己的努力，得到了钢琴制作专家的名衔，这也是奥地利钢琴制造史上获得此名衔的第二位女性。

第二代文德隆面临的欧洲，正处于二战时期，虽然世界格局的混乱影响了许多生产业的发展，但是钢琴依旧在它自己的轨道持续发展。二战后的钢琴销售占据了行业的主导地位，并逐步显现出价格走低的趋势，更有人预言自动钢琴会取而代之。但另一方面，工艺精湛的钢琴也在这期间脱颖而出，价格和销售量丝毫未受到冲击：奥地利的贝森多夫、德国的斯坦威，还有维也纳的文德隆都依旧位于当时名琴销售榜的前列。遗憾的是文德隆家族的 Anton Veletzky 没能从二战中生还。Stefanie 一人带着儿子 Alexander 和 Anton，从 1954 年她父亲去世到 1959 年，一直坚持"文德隆"品牌的造琴精神。

第三代文德隆，Alexander Veletzky，生于 1933 年，1959 年接手管理文德隆工厂，其特长是维修与鉴定古钢琴，是受到奥地利政府认定的钢琴鉴定家，多次获得国家授勋。退休前他一直担任奥地利钢琴制造协会主席。由于他在钢琴界的权威地位，"文德隆"品质的专业度和信任度在业界有口皆碑。

第四代文德隆，Peter Veletzky，从小在祖母与父亲的熏陶下，22 岁就成为当时最年轻的钢琴制造专家，1994 年开始接手琴行，1999 年开始受中国钢琴制造商的邀请来中国担任技术指导。

在欧洲，有二百八十余家琴行代售文德隆钢琴，维也纳音乐学院、巴黎音乐学院等著名音乐学府纷纷购买文德隆钢琴作为授课钢琴。诸多钢琴人在使用过文德隆钢琴后都发出"音律准确、优美、均匀,手感极好,达到了先进的钢琴水准"的赞叹。[1]

用家族创始人名字注册品牌的文德隆,薪火相传数代,专注于本业,精益求精,这一切给了陈海伦鼓励。

2004年,在关键时刻点醒过陈海伦的彼得决定让文德隆钢琴与中国·海伦钢琴股份有限公司合作生产"文德隆"牌钢琴,销往欧洲各国及美国、日本市场。当年,海伦钢琴销售收入超过8000万元,产品70%以上出口欧美国家和日本。

在这样的合作基础上,文德隆钢琴的技术研发人员大胆突破,开发出W系列钢琴以及后来的Z系列钢琴。

海伦钢琴的工作人员向我介绍:W系列钢琴采用压弦钮工艺,对码克的加工精度要求非常高,而铝合金中盘的使用,更是颠覆了传统的钢琴设计理念,不仅解决了困扰钢琴界的中盘变形难题,而且增强了钢琴声音的穿透力。在钢琴的选材和生产工艺上,选用德国罗斯劳琴弦、德国FFW榔头毡和呢毡、考究的油漆工艺、优质东北硬木码桥、俄罗斯西伯利亚实木鱼鳞云杉音板……

钢琴世界里也有"宁波帮":中国第一台钢琴参与制造者、第一个专业调琴调律师是宁波人;中国第一位获得国际钢琴比赛奖项的是宁波人;中国主流钢琴品牌最早的厂长出自宁波,如今一些主要技术人员也全部出自宁波;众多钢琴演奏名家也是宁波人。陈海伦的信心也跟这个深厚的文化底蕴有关。陈海伦和海伦钢琴的员工说:宁波人能参与造出第一架钢

---

[1] 杨纹:《聆听维也纳"文德隆"乐音》,载《钢琴艺术》2005年第3期。

琴，那么也能造出世界一流的钢琴。海伦能和文德隆一样，创百年品牌，成为世界一流的工厂，造钢琴家最喜欢弹的钢琴。

如果说有什么和文德隆不一样，那就是陈海伦相信，随着中国的发展，海伦能做得比文德隆更好。

"在得知文德隆品牌没有接班人的消息后，陈海伦开始酝酿以品牌转让的形式，让文德隆这个百年欧洲品牌成为完全的中国制造。从明年开始，文德隆的中国市场就将全部转让给海伦，等到15年之后——老板文德隆65岁以后，将全部转让给海伦。届时，文德隆将正式成为海伦的子品牌。"[1]

口口相传的良好口碑，让产地在宁波北仑的海伦钢琴获得欧洲主流认可，享有了国际声誉。

如今在海伦钢琴的展厅里，多架型号不同的钢琴都是漂洋过海载誉归来，以至于陈海伦的员工总是感慨：我们走的地方，远不如我们的钢琴多呢。

从在欧洲受辱，到吸纳欧洲百年品牌，打入欧洲市场，陈海伦用实际行动，让大鲸鱼们看到了大海洋中小鱼搏击海浪时能迸发的力量。

---

[1] 林梢青：《宁波钢琴弹进金色大厅》，载《今日早报》2010年12月8日，A0019版。

十六、中国的琴，自己的琴

拥有钢琴在很长一段时间内，都是一个形容词，足以形容一户家庭的殷实、有礼与开明。华东地区小康家庭，多会为子女买一架钢琴，并早早在钢琴教育上投入。

古典音乐爱好者郑菁深曾写到少年时期的音乐启蒙："有个小学同学家有一架德国谋得利老式钢琴，我有空就到他家听他弹，间或还帮他翻谱，渐渐也知道了莫扎特、肖邦、李斯特、舒曼。那个时候，几乎大户人家才买得起琴，租赁一个月也要收费30元（当年一般工资也就几十元）。所以，我一直梦想拥有自己的钢琴，听自己弹出来的琴声。"[1]

甚至在许多老派人的心目中，真正的海派淑女可以不必穿旗袍，喝咖啡，但应该要弹得一手好钢琴。一位老上海洋行白

---

[1] 郑菁深：《聆听永恒——22位西方音乐家的激情人生》，上海文化出版社，2011年版。

领就曾描述自家的生活:"我由圣约翰大学毕业后,进入了一家英国人办的化工厂做工程师,讲得一口流利的英语,平时的装束永远是一身笔挺的西装。妻子从教会女校毕业,生活方式也非常西式。结婚不久,用20两黄金向上海琴行买了一架英国谋得利牌5尺半的三角钢琴,让三个女儿从小学钢琴。冬天的午后,一家人围坐在客厅里,壁炉里生着熊熊的炉火,从窗外透进一缕缕暖暖的阳光,女儿们轮流演奏钢琴协奏曲。一家人时而开怀大笑,时而小声交谈,享受天伦之乐。"[1]

上海第一届钢琴等级考试是1988年举行的,首批考级者有300多人。根据当时媒体的采访报道看,许多人的启蒙钢琴,来自谋得利。

钢琴,看上去隆重、高贵,打开琴盖,黑白分明的琴键极简又十分灵敏。演奏钢琴时,只见演奏家的手指在琴键上飞舞,钢琴的黑白键依次被手指敲击起落,这是外人肉眼能看见的精彩。

如果用工程学的眼光去看,这就是一套结构精密复杂的键盘机械。但这些,仅仅展露了钢琴的一部分奥秘。琴身之内,藏着更玄妙的微观世界。就像你看见一个人,令你一见倾心的只是外貌,如果你深受吸引,必定渴望触及他的心灵。

"钢琴有心跳,不算家具,但有四只脚。房间里,镜子虚虚实实,钢琴是灵魂。尤其立式高背琴,低调,偏安一隅,更见涵养,无论靠窗还是近门,黑、栗色,还是白颜色,同样吸

---

[1] 陈德业、饶玲一:《一个老上海白领的回忆》,载《史林》2007年第1期。

引视线。

"老人弹琴，无论曲目多少欢快跳跃，已是回忆……对于蓓蒂，钢琴是一匹四脚动物。蓓蒂的钢琴，苍黑颜色，一匹懂事的高头黑马，稳重，沧桑，旧缎子一样的暗光，心里不愿意，还是让蓓蒂摸索。蓓蒂小时，马身特别高，发出陌生的气味，大几岁，马就矮一点，这是常规。待到难得的少女时代，黑马背脊，适合蓓蒂骑骋，也就一两年的状态，刚柔并济，黑琴白裙，如果拍一张照，相当优雅。"

这是茅盾文学奖获得者，作家金宇澄在长篇小说《繁花》中对钢琴的描写。

长久以来，钢琴的确是优雅的代名词。钢琴的乐声，刚柔并济，稳重沧桑。有时令人难以想象，从千军万马、气吞山河之势，到大漠孤烟、长河落日的意境，再到高山流水，少女低吟……万千种壮阔斑斓和幽思无限的声音，都可以从这么一架乐器里发出。

制造钢琴的过程，本身就是东西方文化的碰撞过程，是一首兼顾优雅和大气的乐曲。打入市场，同样是一段壮怀激烈，如驰骋战场的旋律。

与文德隆的合作固然顺利，也让海伦钢琴一开始就在当时的国际市场上颇为成功，获得了不错的利润，但陈海伦始终没有忘记打造真正属于自己的钢琴品牌的初心。

从一开始，海伦就在自己贴牌的文德隆钢琴上打上"文德隆—海伦"标志。有了借船出海的经验，海伦的名字无形中也为国际市场所知。不仅如此,陈海伦还先后与德国的贝希斯坦、捷克的佩卓夫等国际知名钢琴企业合作。

在做贴牌的同时,2003年,陈海伦以自己的名字注册了"海伦HAILUN"钢琴品牌。

在他看来,品牌就是企业精神的一种归属,只有拥有自己的品牌,只有自己的产品有优秀的品质,才能真正有机会在国际市场占有一席之地,才能真正反映出自己创办民族品牌的决心和意念。[1]

2004年,海伦建造钢琴制造工程技术中心,并从国外引进了气候试验机、XGP便携式光泽度计、便携式液显音准仪、振动试验机等核心研发设备。

海伦公司的定位孔工艺、定位模板、中盘框架结构、自动擦弦机等四项专利和音准稳定性技术构成了海伦钢琴五大技术优势。技术和设计成熟以后,海伦又开始了新的步骤——依靠高科技推进拥有自主知识产权的海伦钢琴进一步发展。

万事俱备,海伦公司开始研发试制型号为HL121的立式钢琴。经过技术控制中心的技术人员与生产车间的技术人员协力合作,海伦品牌的第一个自有钢琴型号HL121试制成功,并很快投入生产。2004年,三角钢琴的研发与生产也纳入计划,HG178是海伦公司自主研发的第一款三角钢琴。[2]

---

[1] 刘美玲:《宁波民营跨国公司竞争力的影响因素与提升机制研究》,杭州:浙江大学出版社,2019年版。
[2] 刘焕丽,俞苗:《依靠科技创新 打造自主品牌》,载《大众科技报》2006年9月21日。

海伦钢琴的工作人员自豪地介绍，HG178 三角钢琴之后拿下了国际重量级奖项——北美 MMR 声学钢琴大奖。经国家轻工业乐器质量监督检测中心检测，其各项技术指标均符合 QMHL0001200 钢琴企业标准，其中主要指标采用了日本 JISS8507—1999《钢琴》标准，经专家鉴定，其综合技术指标已经达到国内领先水平。[1] 由此开始，海伦公司也正式进入系列钢琴的生产研发阶段。

经过五年多的努力，陈海伦和他的团队在 2008 年完成了立式钢琴系列化的研发和生产，形成了钢琴尺寸从 110 厘米到 133 厘米，十几个品种、几十个花色型号的立式钢琴产品系列。至 2009 年，三角琴系列的研发和生产也基本实现，形成了钢琴尺寸从 150 厘米到 277 厘米，十余个品种、二十多个花色型号的三角钢琴产品系列。

回望陈海伦接触钢琴领域之初，1986 年，上海作为长三角乃至全国现代化文化消费风向标，"钢琴热"刚刚风靡，但当时整个长三角地区说得上名号的生产钢琴的厂家只有上海钢琴厂一家，钢琴供不应求。

当时买一台钢琴，是一件极为奢侈的事情，需要一个家庭一年的积蓄，还需要凭票。到了 21 世纪初，一台立式"聂耳牌"钢琴,售价是 8800 元，只需要一个普通家庭几个月的积蓄，与 1986 年时相比，它和上海市民收入的"距离"大大缩小了。随着上海市民文化水平的提高、住房条件的改善、财力的增长

---

[1] 孟建军：《不飞则已　一飞冲天——访海伦钢琴公司董事长陈海伦》，载《乐器》2006 年第 4 期。

以及钢琴生产技术的飞跃,买钢琴的家庭越来越多了。然而当时的一份数据显示,美国家庭的钢琴普及率为23%,上海的钢琴普及率只有3.2%,更遑论中国其他城市。

这意味着,钢琴市场将继续扩大,而原来国内市场几家国有钢琴厂垄断的局面将被打破。

海伦钢琴就抓住了这个微妙的变化。作为中国钢琴的发源地之一,身处宁波北仑的海伦人深信:宁波人能造出中国第一架钢琴,也能造出世界一流的钢琴。

中国人的琴,海伦自己的琴,来了。

从做五金配件,到专攻钢琴配件,从学着做码克,到贴牌生产外国钢琴,再到将海伦的名字镌刻到钢琴琴身上。在此之前二十多年的钢琴配件生产经验以及钢琴核心部件码克的研发与生产,就是之后钢琴组装的积淀,让陈海伦和海伦钢琴取得后来的成绩成为可能。

陈海伦再次实现了人生的跨越。

十七、一碗鸡汤里的国际视野

三顾茅庐，典出《三国演义》。当时屯兵新野的刘备，三次诚心诚意到南阳郡邓县隆中请诸葛亮出山，邀其辅佐自己完成统一大业。在《出师表》中，诸葛亮也感激刘备的三顾茅庐，这个故事日后成为佳话，现常用来比喻真心诚意，一再邀请、拜访有专长的贤人。

黄金台，典出《战国策》。燕昭王因为始终寻觅不到治国安邦的英才而苦恼，智者郭隗用"愿意用千两黄金购买千里马马骨，何愁千里马不来"的故事，启发燕昭王建造黄金台，作为尊师郭隗之所。后来没多久就引发了"士争凑燕"的局面，落后的燕国一下子人才济济，从一个弱国逐渐变成一个富裕兴旺的强国。

古今中外，有心做一番事业的创业者，都必然也必须从招揽人才着手。

若无求贤若渴的胸怀，就没有开疆辟野的手笔。

陈海伦也是如此。

我曾经问过陈海伦一个问题，一个有才干却不服管教的人和一个平庸但唯命是从的人，他会选择哪个作为自己的员工。

陈海伦当时不假思索地说，当然选择有才干的。又补充说，有才干的人必定有性格。作为领导要确保的不是磨平人才的棱角，而是让他有发挥才干的舞台。也正是和朋友及各路人才的头脑风暴，影响着陈海伦的进步，开拓着他的思想。

时针往回拨动。如果在2009年看到陈海伦，他是什么样的呢？

当时54岁的陈海伦，正值一个男人春秋鼎盛的壮年。他高高的个子，习惯穿白衬衣，也用上了奢侈品牌的皮带，但更多时候，他穿着和一线装配工人一样的夹克工装。遇到人的时候，他的脸上永远带谦逊的微笑，眼睛闪烁着亮光。这副眼镜为他平添不少斯文气质，使他看上去更像一位老师，让人想不到他是一个围海造田农家出身的人。

2009年，陈海伦的身材比现在更发福一些。但是在下定决心戒烟戒酒后，他迅速控制了体重。每天早上七点，他会雷打不动地绕着自家的花园散步一小时，直到浑身微微出汗，借以减肥健身，这是他毅力的体现。想做一件事，就一定要全力以赴去做，并且做到至臻完美。

如果在2009年你有机会走入海伦公司，会看到什么场景呢？

除了一个个埋头在各自岗位上工作的北仑人，你还能看到一位头发花白的外国人正在电脑前工作。他是美国人，名叫乔治·弗兰克·爱姆森，担任海伦钢琴总设计师。

陈海伦向我介绍，这位有着 30 多年钢琴设计制造经验的美国工程师，可独立完成整琴的电脑设计。有趣的是，在北仑这么一家公司里，还有不少外籍"高参"。

海伦公司的外籍高级工程师，还有担任钢琴整音、调音的总指导，中文名叫斯宾，以及担任三角钢琴总检的江间茂等，更不要说当时已经成为陈海伦老朋友的总技术顾问彼得，他们无一不是在国际著名钢琴企业工作了几十年的人才。

2003 年，彼得的出现，促成了海伦钢琴的一次转型。接下来对包括彼得在内的国际人才的招贤，令海伦钢琴实现了企业的跨越式成长。

这些海内外人才的到来，使海伦钢琴实现了脱胎换骨的变化，也使之成为当时全国钢琴行业唯一一家高新技术企业。

工人出身的陈海伦，将早年塔峙公社农机厂创业者对模具的精益求精和对品质的追求，延续到海伦钢琴的自主创新和自主知识产权的投入中。

海伦人也深以为然，他们相信，乐器是有生命的，容不得半点马虎。对材料的精挑细选，对制造工艺一丝不苟，对钢琴出厂前的三次检验、调整，进一步保证了海伦钢琴的品质。品质优良的钢琴、广阔的销售市场、完善的售后服务撑起了这家钢琴制造企业的信誉。[1]

为海伦钢琴注入来自国际钢琴制造业动力的爱姆森的头发已经花白，他之所以放弃海外安稳的生活，到完全不熟悉的异国他乡来工作，并在北仑扎根，其背后有一个关于信任的动人故事。从某种程度上说，这个故事也展现了陈海伦的为人。

爱姆森从1989年至1997年一直效力于美国BALDWIN&ORGAN钢琴，1997至2005年初效力于世界名琴MASON&HAMLIN。

2004年，一家采用海伦零配件的美国钢琴公司，派出他们公司的高级技师爱姆森到宁波北仑验厂。本来只是一次常规的出差，打算在宁波只逗留几周的爱姆森在北仑没有熟人，想干完活就回美国老家，谁知，在宁波期间，爱姆森突发阑尾炎。像所有出差在外的人那样，爱姆森的第一反应是要立刻坐飞机回美国治疗，回到家人身边。

此时陈海伦来了。看到爱姆森疼痛难忍的模样，陈海伦明白，倘若放任他坐长途飞机，说不定他会在返程的途中病情恶化，且身边根本没人能照顾。

看着爱姆森神情紧张又焦虑不安的样子，陈海伦请来自己的表妹和侄子，因为表妹和侄子都是大学生，能用英语和爱姆森沟通。他们两人诚恳解释，说服了爱姆森在宁波接受治疗。

好在阑尾炎并不是疑难杂症，因为医治及时，爱姆森的手术很成功。他从麻醉中醒来的时候，就看到陈海伦夫妇和陈海

---

[1] 刘焕丽，俞苗：《依靠科技创新 打造自主品牌》，载《大众科技报》2006年9月21日。

伦表妹与侄子站在他的病床旁,一张张写满关心的脸映入眼帘。即便不懂中文,爱姆森也读懂了陈海伦脸上的担忧,他的眼眶湿润了。

陈海伦让表妹和侄子悉心照料爱姆森,金海芬则每天换着花样送去不同饭菜和水果,嘘寒问暖,添衣问药。一碗碗滚烫的散发着北仑香味的滋补鸡汤,让爱姆森很快恢复了健康。

可能是这份来自北仑人的热情和关怀,让习惯了资本主义社会各管各的爱姆森感受到与在美国企业时不一样的人情温暖和信任。等到身体康复后,爱姆森报答一般向陈海伦表达出,希望到陈海伦的公司看一看的想法。

陈海伦后来和我说到这件事时,说自己是一则以喜,一则以惧。作为企业主,如果有这样的国际人才加盟,自然是求之不得。但倘若聘用爱姆森,无疑是挖合作的美国企业的墙脚,肯定会失去与爱姆森原本所在的美国企业的合作机会。为了一个人,失去和一家海外企业合作的机会,值得吗?

思虑再三后,陈海伦果断拍板,决定重金聘请爱姆森加盟。一场疾病,像一段美妙缘分的契机,让这个匆匆来到北仑的旅人,决定把北仑作为人生下半程的第二故乡。

成为企业核心技术人员后,陈海伦给爱姆森开出的年薪超过120万元。即便换算成美元,也算得上高薪。留在北仑的爱姆森有了赏识他的老板,又有了丰厚的报酬,从此潜心于海伦品牌钢琴的设计制造,一直到2012年海伦钢琴上市,他才退休回国。

陈海伦赢得了人心。

如战国时代的君王，建造黄金台以表达自己求贤若渴的愿望一样，陈海伦重金聘用爱姆森的消息传出，使得业界许多人才愿意前来加盟。

2009年走入海伦钢琴时，如身处联合国一样，各种肤色和瞳孔颜色的大师们抬起头来和大家打招呼的场景，让人啧啧称奇。在这个不算一流大都市的地方，来自奥地利的钢琴整音调音权威大师斯宾、法国的钢琴设计大师史蒂芬、日本的钢琴整理检验大师江间茂等十多名钢琴制造业人才近悦远来，每一个人背后，都有各自累积的相关经验，每一个人才牵动的都是既有的著名品牌的积淀。现在，他们来了，为海伦钢琴服务。

昔日，北仑的打工者为外企打工，被戏称为"榔头猫"（外国老板为了对钢琴的设计、调律、整音等关键性技术要素严格保密，甚至连组装好的钢琴也不让宁波工人接触。宁波籍工人只能干一些粗活，被称为"榔头人"，宁波人用宁波话自嘲为"榔头猫"），只能偷师学艺。如今，是外国技术人员来到北仑，为北仑本地的钢琴品牌发光发热。其间的变化，让人看到中国这片创业热土的兴盛和北仑民企的崛起。

如果用今天的话来说，1886年从北仑大碶关帝庙出发的二十几个年轻人，算得上初代"进城务工者"。他们到上海，成为中国历史上第一批钢琴制造者。

然而这些看上去出身寒微，也没有读过多少书的年轻打工人，似乎从一开始就明白核心技术的重要性。他们不仅仅是到老板手下来谋生讨口饭吃，他们也是来当老板的。"不想当将军的士兵不是好士兵"这句话，在有志气的宁波人身上是适用的。

一方面，他们在谋得利勤勤恳恳工作，虚心学习技术，热情研习西方文化和现代城市商业的游戏规则；另一方面，也始终不屈居于人下，而是存着"我也能取而代之"的雄心。

在谋得利，洋人老板死死保住核心技术的想法，被一线工人看在眼里。工匠中的有心人，早就开始留意细枝末节，千方百计积少成多，日积月累，秘密掌握了制作钢琴的各种核心技术。

有如在金庸的武侠小说《天龙八部》中的一位神秘的人物——在少林寺负责打扫藏经阁的无名老僧人，人称"扫地僧"，他半路出家，见证了少林派半个世纪来发生的事。高手如林的武侠世界里，他自倏然而出，旁人对于他的存在却浑然不知。然而一打交道才发现，此人武功深不可测，并具有大智慧，俨然不出世的大师。"扫地僧"现已成为具有极高技艺却深藏不露的人的代名词。

宁波北仑人黄祥兴，就是这么一位中国钢琴制造业里的扫地僧，而且当初他真的是负责扫地的。在谋得利琴行，黄祥兴是一位清洁工，凭借岗位的特殊性，他能默默在各个工段旁观而不被他人发现。久而久之，在无人知晓的情况下，他掌握了制造钢琴的技术。核心技术到手，加上"榔头猫"的团结，他们献出技术凑出资金，洋人自以为拦截的高墙早就不能束缚这些跃跃欲试的翅膀了。他们作为中国第一代钢琴制造家，要出发了。

1890年左右，原谋得利工人黄祥兴等人于现汉口路福建中路开办祥兴琴行。这是国人开办的第一家西乐琴行，以销售钢琴和承接修理业务为主。也就是说，从关帝庙出发到大上海当打工仔，再到突围技术封锁，在上海滩立足并开办自己的西乐琴行，这些前辈仅仅用了4年！

黄祥兴和程定国合作，从加拿大进口奥拓海格的击弦机，从德国和英国进口琴弦，组装了苹果（APPLE）和福斯特（FOSTER）品牌钢琴。

20世纪，钢琴在中国进一步落地生根，开花结果。

从黄祥兴开始，曾被洋人牢牢握在手里的技术堤坝一泻千里，在新的滩头做到弄潮儿手把红旗旗不湿的，就是从北仑出发的"榔头猫"和他们的后裔。

传承着前辈的热血和智慧。

深知核心技术和人才的重要性。

陈海伦在一百多年后，用自己的方式交了卷。

制作一架钢琴需数百道工序，装配9000多个零件。几百年钢琴制造历史中，著名品牌的优秀文化和技术的体现，关键在善于利用人才。重金聘请这些"洋专家"，就等于站在巨人的肩膀上，与对手展开竞争。

爱姆森为海伦服务后，主要从事适宜于剧院、体育馆等大型场合使用的三角钢琴"HAILUN-277"等产品的设计，每年在中国的工作时间不少于92天。

由爱姆森完成设计的大型三角钢琴的声学品质、弹奏性能、机械灵敏度等均达到世界水平。2007年1月18日，"HAILUN-277"

在美国阿纳海姆国际乐器展览会上首次展出时,每架标价30万元,一下子就卖出了6架。

来自法国的史蒂芬在巴黎音乐学院任教超过25年。他创建了自己的工厂,从事钢琴"STEPHEN PAULELLO"的研发工作。过去,他每年只能生产30多架,与海伦钢琴公司签约后,史蒂芬除每年能获得设计费40万元外,还能得到销售提成。

史蒂芬为海伦首批设计的两款钢琴很快制作完成。其中,"HAILUN-218"单价超过25万元,一推出就接到订单200架,每架提成4000元;另一款"HAILUN-288"单价超过60万元,一下子就接订单30架,每架提成8000元。这意味着,史蒂芬一年的报酬有望超过140万元。[1]

即便只是萍水相逢或者只是生意上有简单的往来,又或者只是在经销商口中听过对方的名字,商业嗅觉敏锐的陈海伦,善于在每一次打交道的机会里,将人才的名字不断存入自己脑海中的资料库,然后慷慨给予资金、平台、品牌和销售渠道上的支持。有领导称赞陈海伦是一位"善于配置全球钢琴制造顶级人才资源的人"。

"洋专家"的参与,为海伦公司的发展带来了奇迹:5年时间获得了5项发明专利,培养了200多名技术骨干。

2007年11月,陈海伦又去北京与瑞典籍知名音乐家罗伯特·威尔斯签约,此后5年罗伯特正式成为海伦钢琴的全球形

---

[1] 李道轩:《开放正未有穷期:宁波日报开发导刊新闻作品选》,宁波出版社,2008年版。

象代言人。罗伯特·威尔斯的姓名、肖像、签名、音像等,在全世界范围的电视、报纸、杂志、网络等媒体宣传海伦钢琴的活动中展示。

相比许多传统的钢琴演奏家,罗伯特·威尔斯的风格更为跨界和多元,他能用钢琴这一古典乐器打通古典、流行、爵士、摇滚,风格与克莱德曼、雅尼等现代钢琴演奏家相似。

在一份海伦钢琴对外的名单上,介绍罗伯特·威尔斯曾连续四年被欧美音乐界评为世界上最受欢迎、最具感染力的音乐家之一。他每年在世界各地的演出超过200场,观众20万人以上。韩日世界杯足球赛开幕式、欧盟年会、安南就职仪式、圣彼得堡建城三百周年庆典、诺贝尔奖颁奖仪式等都曾邀请他表演。与此同时,他还是中瑞文化交流的使者,自1999年以来,先后17次来到中国参加各种交流活动。他在长城上演奏的歌曲《中国月亮》,如今成了大型晚会的保留曲目,后来又写下了《美丽的长江》。他还积极参加"爱心万里行"中国巡回公益演出等多项慈善活动。

2006年4月23日,罗伯特·威尔斯来北仑参加"海伦之夜"中外巨星音乐会后,参观了海伦公司钢琴制造基地,双方达成合作意向。在2007年8月举行的"北京奥运会倒计时一周年"庆祝活动和11月举行的第八届中国艺术节上,他用海伦钢琴弹奏的曲目,给观众留下了难忘的印象。[1]

---

[1] 何开余:《罗伯特·威尔斯做海伦钢琴形象代言人》,载《北仑新区时刊》2007年11月30日,第1版。

一步一步，海伦钢琴从金牌配角，变成了舞台中央的主角。

在 2020 年夏天，陈海伦带我又一次走进海伦钢琴股份有限公司一楼的展示厅。他将所有的灯打开，一束束明亮的灯光下，一台台折射光线的钢琴，展示着陈海伦的海伦钢琴走过的道路：从和外国品牌合作的钢琴，到镌刻有陈海伦自己品牌标志的钢琴。灯光下，钢琴琴身上的光，映亮了陈海伦的眼眸。

他对自己交出的答卷，是满意的。

十八、登上金色大厅

陈海伦值得为自己的成就叫好。

就在他正式进军钢琴制造领域不久，海伦钢琴登上世界音乐人心中的珠穆朗玛峰——维也纳音乐协会金色大厅。

放眼全世界，在千千万万的音乐厅里，或许没有一处，像维也纳音乐协会金色大厅那样，为世界瞩目。金色大厅，又称黄金厅、维也纳爱乐厅，由T.冯·汉森始建于1867年，1869年竣工，是维也纳最古老、最现代化的音乐厅，也是世界上著名的音乐厅之一。

许多中国人，都在一年一度央视转播的维也纳新年音乐会节目中熟悉了金色大厅的名字。即便从未去过的人，也熟悉它的样子：金色大厅共有1744个座位，300个站位。相比现代宏大的音乐厅建筑，这里不算大，但它却是维也纳乃至世界爱乐者心目中的圣殿。每年元旦，维也纳新年音乐会按照传统都会在这里举行,并通过电视转播,让全世界享受大厅无与伦比的音响效果,熟悉大厅里金碧辉煌的装饰,和一尊尊竖立在屋顶下聆听世人音乐的女神雕塑。

现在,这些圣殿里的女神,听到了来自遥远的中国浙江宁波北仑的钢琴声音。

2006年6月5日,《人民日报》为这件事专门发了报道,标题就是《金色大厅奏响"宁波创造"》。

"海伦牌钢琴已经搬进了维也纳金色大厅,获得永驻权。"2006年4月的一天,身在维也纳的宁波海伦乐器有限公司老总陈海伦越洋报捷。奥地利副总理苏珊女士称赞道:"中国制造的钢琴已与世界顶级品牌平起平坐了。"

"海伦钢琴"不过是宁波众多企业依靠自主创新发展壮大的一个缩影。宁波市领导坦言,若要形成国际贸易竞争的新优势,必须给宁波制造装上"智慧的脑袋",只此"华山一条路"。

从重价格到重品牌,已成为宁波出口企业占领国际市场的新走向。"十五"期间,宁波外贸出口年均增长33.9%,突破200亿美元,实现万家企业进军国际市场的历史性跨越。

但是,绝大多数出口企业靠贴牌起家,仅赚取低附加值的制造加工费,付出的却是高密度的资源消耗,导致要素资源紧缺。特别是企业单体出口规模偏小、自主品牌出口比重偏低的外贸结构,迫使企业在国际价格市场上竞相厮杀,频频遭遇贸易壁垒……要改变中国企业受制于人的命运,唯有从中国制造尽快转向中国创造。[1]

这样看似不容易的壮士断腕般的转身背后，有富有活力的宁波企业家的奋斗，也离不开这片土地上决策者的支持。

"致力于经济增长方式转变的宁波市的决策者，启动'品牌兴贸'之策，破解经济困局。他们表示，不惜付出速度放慢一点的代价，也要把宁波建设成为'水平高、能耗低、环境优、体制活'的创新型城市，实现外贸出口由千军万马向精兵强将转变。为了给企业创牌提供制度支撑，宁波市政府调整开放型经济发展的'风向标'，既考核增长速度，更考核增长质量，实施以'321'工程为主的品牌梯度培育机制。'321'工程，指的是重点培育30个自主出口品牌，鼓励扩大20个商务部重点培育的品牌出口规模，重点扶持10个品牌成为自主品牌出口的'领头羊'"。[2]

扶持性的配套工程还有率先在全国实施的重点会展品牌准入制。规定凡参加广交会、华交会、消博会等重点展会的宁波企业，须有自主品牌才有参展资格。

宁波经济开发区规定，凡被认定为中国驰名商标或中国名牌产品的，政府一次性给予80万元奖励。市级财政对市属企业注册境外商标，每件奖励300元。

企业打"国际官司"存有畏难情绪，往往被迫放弃自己

---

[1] 何伟：《宁波自主品牌挺起城市腰杆》，载《人民日报》（海外版）2006年5月16日。
[2] 俞苗：《宁波海伦钢琴——世界一颗耀眼的明珠》，载《中国高新技术产业导报》2007年5月28日。

的权益。2005年底，民营经济活跃的慈溪市在商务部支持下，由政府、行业协会、专家和企业组成"外贸官司外援团"，为企业提供贸易壁垒的预警信息，并在企业遇到国际贸易纠纷时为其提供咨询解难。工商部门也加大打击商标假冒侵权力度。两年间，宁波市工商局查处商标违法案件2214件，涉外商标案件680件，罚没款4916万元。

2005年底，宁波与青岛一起摘得了"中国品牌之都"的桂冠。在商务部重点扶持的全国190个出口名牌中，宁波拥有20个，居全国各城市之首。

曾在欧洲受过歧视的陈海伦，通过自己的努力，也借助于当地的春风，更背靠国家的发展，一寸一寸，一役一役，用自己的产品赢得如今的国际地位。一如当年，制造钢琴配件的陈海伦声明要开始制造钢琴整琴时，业界人士的第一反应那样：劲敌来也。

陈海伦完成了企业产品结构的调整——从钢琴零部件向钢琴核心部件转变，从钢琴核心部件向钢琴整琴转变，实现了从贴牌生产到打造"HAILUN"自主品牌的转变，实现了从配套生产向建立完善的国内外销售网的转变。

2005年，陈海伦开始自建销售网络。这年1月29日，海伦公司与欧洲总代理商合作的"奥地利维也纳——中国海伦钢琴城"在维也纳隆重开业，来自美国、法国、德国等国家的500多名钢琴演奏家纷纷前来试奏海伦钢琴。

陈海伦带领企业组建了钢琴制造工程技术中心，制定了整套管理制度和奖励制度，每年从销售收入中提出5%以上的资金作为研发资金，进行科技攻关。在加工工艺改造方面，引进了国外先进设备，建成了全程数据化管理的现代化钢琴生产流水线，实现了传统的手工工艺与欧洲先进工艺及日本先进加工手段的完美结合。

2005年，在欧洲华人联盟"反法西斯战争胜利六十周年暨庆祝和平音乐会"上，海伦钢琴作为第一架亚洲钢琴，首次在金色大厅亮相，"一鸣惊人"。维也纳世界级钢琴大师保罗·巴杜拉·斯科达在试奏海伦钢琴后，给予了高度评价："音律准确、优美、均匀，手感极好，达到了世界一流钢琴的水准！"此后，宁波海伦钢琴还成为奥地利音乐学院的指定用琴。[1]

荣誉与认可，及陈海伦为提升品牌煞费苦心的布局，成果可观：

2006年2月，丹麦王室选用海伦钢琴作为丹麦王室御用钢琴；9月，海伦钢琴被国家市场监督管理总局授予"中国名牌产品"称号。

2007年初，海伦钢琴作为亚洲唯一品牌，与世界两个顶级钢琴品牌同时出现在美国纽约琴行密布的上西大街上的克拉维亚豪斯琴行，从而改变了美国人过去对中国钢琴质量差、价格低的看法。

2007年8月8日，陈海伦带领公司员工夜以继日奋战，经过一年多时间研发成功的红色九尺钢琴被选为奥运会倒计时一周年大型晚会使用钢琴。

---

[1] 中国乐器协会：《中国乐器年鉴2007—2008》，北京：中国轻工业出版社，2008年版。

2007年11月，为了更好地宣传企业产品，扩大产品的海外知名度，陈海伦聘瑞典钢琴家、作曲家罗伯特·威尔斯为海伦钢琴全球形象代言人，这是中国自主品牌钢琴首次与世界级音乐家携手。[1]

2008年，海伦钢琴被选为2008奥运系列演出用琴，并在欧洲权威音乐杂志《DIAPASON》的评比中获得六星国际金奖。在欧洲的权威钢琴评选中获得金奖是中国钢琴前所未有的。

不会说英语的陈海伦，不会弹钢琴的陈海伦，带着他的海伦钢琴远渡重洋。

一百年前，钢琴从欧洲来到中国，现在中国的钢琴来到了欧洲。

听听这凝结着时代浪潮里无数中国人心血和志气的音符吧。回到中国，陈海伦决定，推进公司上市工作，同时计划投资3亿元，征地70亩，建造7万平方米的集研制开发、生产销售、演奏教学于一体的"海伦钢琴工业园"，打造"国家文化产业示范基地"。一点不会弹奏钢琴的陈海伦，用事业谱写人生的乐章。

2012年1月，海伦钢琴改道创业板闯关成功。宁波海伦钢琴股份有限公司首发获证监会审核通过，首次拟发行1677万股，发行后总股本6699万股，拟于深交所创业板上市。公司主要经营范围包括：钢琴制造，乐器制品，汽车配件，装潢五金，模具制品，非金属制品的模具设计、加工、制造。

根据报道，公司2008—2010年分别实现营业收入1.8亿

---

[1] 宁波市经济委员会，宁波市推进品牌之都建设联席会议办公室：《中国品牌之都——宁波品牌发展蓝皮书》，宁波出版社，2008年版。

元、2.05亿元和2.66亿元，2011年1月至6月实现营业收入1.41亿元。2008—2010年归属于母公司所有者净利润分别为1625.98万元、2533.8万元和3396.36万元，2011年1月至6月归属于母公司所有者净利润1621.77万元。

2012年至2018年，海伦钢琴产品连续在北美斩获MMR奖，并于2015年荣获北美MMR终身成就奖。这些之前属于日本钢琴品牌的奖项，后来花落海伦钢琴。

随着在国际上获奖无数，海伦钢琴在国内市场的销量也不断增长。2018年，我国钢琴销量约为45万架，海伦钢琴的销量就达到4.31万架，占比接近10%，市场占有率跃居国内第二。[1]

从农家子弟到上市公司老总，从家贫如洗到坐拥市场占有率居国内第二的钢琴公司，从只读了4年书到为海伦争取到国际声学大奖，从围海塘的少年到进入金色大厅领奖的企业家——陈海伦没有止步。他高高的个子，始终带着一点谦虚的温和的微笑。他甚至没有把任何荣誉在办公室悬挂出来。除了用了曾兴华和他的名字的那幅藏头书法：海伦兴华。

核心是技术。

核心是用人。

核心是人心。

在大海边长大的陈海伦似乎一直知道，潮起潮涌，后浪推前浪。

时代在变，他必须始终推陈出新。

---

[1] 《海伦钢琴的三个传承——专访新任总经理陈朝峰》，载《证券日报》2020年9月16日。

十九、两个女孩背后的格局

2014年11月7日,对河南郑州的少女小李依来说,是个难忘的日子。

就在一个月前,她作为参赛选手,在母亲的陪伴下,去宁波参加了一场由海伦钢琴公司主办的"海伦杯"欧盟国立音乐学院青少年钢琴大赛。少女巧笑倩兮,指尖灵动,小小身躯随着音乐起伏,让人几乎忽略演奏者是一个双目失明的孩子。

来参加这场钢琴大赛的琴童很多,但因为身体的特别状况,李依的出现受到前来报道的媒体关注,陈海伦董事长也由此注意到了这个热爱弹奏钢琴的少女。在听说少女家境贫寒,平日想练琴却苦于没有钢琴时,陈海伦当即许诺送给她一台钢琴,并委托海伦钢琴在郑州的合作伙伴河南宏声琴行有限公司来办理赠琴事宜。11月7日,美丽的秋光洒遍中原大地,此刻,从宁波远道而来的钢琴已经运到郑州,少女马上就能拥有人生中第一架属于自己的钢琴了。

　　李依一家住在河南郑州城区四十多里外的一个小镇。虽然家境贫寒，但家人很爱护她。除了眼睛看不见，李依性格开朗，善于学习，聪明活跃。她在盲童学校的文化课考试中，总能位列前三名。性格开朗的她还参加了马拉松赛跑，跳绳的成绩是每分钟140个，比许多视力无碍的小朋友还要跳得快。但生活也总是有很多遗憾，对她来说，贫寒的家境，让爱好钢琴的她没有办法像大多数琴童那样拥有自己的钢琴。

　　平时上课的日子里，她住在城里的盲校，每天都要步行很远去琴房练琴。为了能正确地演奏每一个音，每一个节奏，每一个指法，盲人要克服的困难比普通人多很多。但是李依寒来暑往，风雨无阻，从未退缩，凭着刻苦的练习，虽然初学钢琴不久，但她的钢琴水平有了显著提高。2014年的"海伦杯"欧盟国立音乐学院青少年钢琴大赛，李依报名参加，并得到了海伦钢琴的董事长陈海伦赠送钢琴的承诺。

　　赠琴的事，很快在李依家当地传开了。

　　陪同琴行工作人员去李依家见证这一善举的姜澄，在海伦钢琴的微信公众号记录下了当时的情景：在郑州地区，不少钢琴老师交口称赞海伦钢琴的善举，也暗暗思忖，既然是钢琴制作公司赠送的，应该不会送高档钢琴，可能会送一架家用级别的普通钢琴。他们还曾推断陈海伦赠送的钢琴很可能是在海伦钢琴旗下13000元左右的入门级钢琴，比如说以性价比著称的"启航"系列入门型号120SE。没想到，河南宏声琴行接到通知，海伦钢琴公司所赠钢琴型号是"启航"系列的最高型号125SE！这款型号的钢琴在声音饱满度、泛音层次方面要比120SE高了两个台阶。几位业内老师得知这一消息，表示这对于学钢琴不久的小李依来说，真是额外惊喜。李依的钢琴老师，平日悉心照顾八个盲童学琴，听说了海伦钢琴的善举，也表示自己更加有信心为更多孩子带去音乐启蒙。

不过好消息不止于此。没过两天，宁波的海伦钢琴总部又来喜讯：陈海伦董事长将所赠钢琴升级为海伦"经典"系列HL125-A型号！由原定的"启航"系列顶配钢琴，变为畅销型号"经典"系列顶配钢琴！弦槌、琴键、缓降器等方面均有较大幅度的升级，这真是喜上加喜！公司还专门安排为这台琴单独发货，由宁波总部直接运往郑州的小李依住处。

在河南宏声琴行有限公司的大厅里，运送钢琴的师傅们在李依母女面前，把包装完好的琴一层层打开。远道而来的礼物，带着沉甸甸的情谊。崭新的琴，油漆面板光可鉴人，虽然小李依无法看到，但她此时已高兴地上前坐下弹奏起来。

小李依的指尖触动琴键，琴声响起，声声嘹亮。一曲弹奏结束，前去采访的媒体记者和老师一起为小李依鼓掌。

按照事先的约定，陈海伦希望能和孩子通个电话。当姜澄拨通他的电话后，李依的母亲反复表达着感谢，陈海伦则勉励小李依好好学琴，小李依兴奋地用稚嫩的童声高声说道："爷爷！我一定好好学琴！学好弹给您听！"

合上琴盖后，运琴的师傅们把琴装上车，满载海伦人深情的汽车缓缓开动了，母女俩一边和众人依依惜别，一边又盼着赶快到家——一大帮人都正在家里等着小李依弹奏这架充满爱心的海伦钢琴呢！

两年后，带着对小李依的牵挂，曾采访赠琴仪式的姜澄再次进行了回访：在当年负责安排赠琴事宜的宏声琴行刘慧波总经理的安排下，姜澄和海伦钢琴业务代表曹庆贺经理从郑州驱车四十里，见到了小李依和她妈妈。李依家中的设施比较简朴，但是那台海伦钢琴光亮的表面一尘不染，李依妈妈搂着宝贝女儿，欢愉中透出自豪：孩子十分喜爱音乐，也非常喜欢这台钢琴，她每天就坐在钢琴前弹个没完。拥有钢琴两年后，李依顺利考过了七级！

李依的妈妈说，有时家里的琴声会吸引很多人驻足，这个环境中会有这么美妙的钢琴声，别人都觉得不可思议。李依妈妈也说她总觉得像在美梦中一般不真实，真碰到好人了！陈海伦给了孩子一个从不敢想的惊喜，孩子更加开朗自信了，可以说是改变了小李依的人生轨迹。每次提及这事，李依妈妈总是情不自禁连声致谢。

李依用琴声展示琴艺和谢意之后，提出希望和陈海伦爷爷通话，前去采访的记者拨通了陈海伦的电话后，李依兴奋地大声叫着："陈爷爷！等我弹好琴，到宁波去弹给您听！"话筒里传来了陈海伦欣慰而洪亮的笑声。

陈海伦是商人，是制造钢琴的人，是卖钢琴的人，但这些年却花了很多时间、精力和金钱去做不赚钱的事。

比如说，海伦钢琴积极引进世界上著名的钢琴演奏家与乐团，开展国内外钢琴大师在全国的钢琴巡回演出和大师讲坛等，还多次在北京、上海、厦门等地承办国际重量级音乐大赛的中国区赛事。这些让琴童冒头，让艺术家得益的活动并不能在销售上见成效。又比如说，海伦钢琴花力气去做普及钢琴艺术教育的工作，甚至包括赠琴。这些事情没有盈利，更对业绩无益，但陈海伦却一直坚持在做，这是为什么呢？

每当听到这些问题，陈海伦没有简单地用"企业家的社会责任"或者"爱心回馈用户"这些冠冕堂皇的话来回答，而是笑着说了一个例子：

2018年8月22日，"丝路琴声"宁波国际钢琴艺术节在北仑开幕。这是宁波自己举办的首届国际钢琴艺术节，通过举办集"国际元素、艺术特质、专业水准、生活气息"于一身的系列文化活动，让音乐联通世界，让钢琴走进生活，集中展示宁波音乐之城建设的新成就，打造宁波对外文化交流的新平台，提升宁波开发开放的新形象。

艺术节上，让大家惊艳的是一个土生土长的北仑学子刘媛菁，她和17位艺术家共同演绎钢琴大合奏《军队进行曲》。根据宁波媒体报道，这天参加合奏的这17位艺术家分别是：美国南加州大学钢琴博士弗拉基米尔、上海音乐学院附中钢琴科副教授唐瑾、福建省钢琴协会会长杨弋夫、美国南加州大学钢琴博士叶思思、南京师范大学钢琴系副教授武晓锋、美国西北大学钢琴博士苏莹莹、同济大学艺术与传媒学院教师唐朝、上海音乐学院附中副教授谢贝妮、厦门大学艺术学院副院长陈舒华、西安音乐学院钢琴系副教授刘佳、南京艺术学院钢琴系教师杨磊、俄罗斯柴可夫斯基音乐学院教授安德烈、美国堪萨斯大学钢琴博士柴聪聪、中国音乐学院钢琴系教师张晓峰、奥地利萨尔兹堡国际钢琴比赛金奖获得者张炎龙、上海音乐学院副教授侯颖君、中央音乐学院钢琴教师侯陌濛。

北仑的教育网站和海伦钢琴的公众号提供的信息，向我们展示了这个北仑学子的成长轨迹：

1996年出生的刘媛菁，在宁波举办首届国际钢琴艺术节的当年考上了波兰肖邦音乐学院钢琴表演专业研究生，向成为专业钢琴演奏家踏出了第一步。作为北仑学子，刘媛菁小学就读于当地的绍成小学钢琴班。她的妈妈就是这所小学的钢琴老师，这让刘媛菁得以很早接受启蒙。小时候，刘媛菁就会拿着磁带录自己弹的曲子，之后是用复读机反复录和听。

宁波当地媒体记录了一个重要的小细节：在小学时期，刘媛菁除了每天在钢琴班弹钢琴，回家后也会弹一小时左右。到小学五年级，刘媛菁就拿到了钢琴十级的证书。有趣的是，陈海伦曾将30台钢琴捐助给该小学，让学生爱上钢琴并有琴可学。可以说，刘媛菁是与海伦钢琴一同长大的，也悄然见证了海伦钢琴的成长。

据刘媛菁母亲回忆：绍成小学钢琴班与海伦钢琴的渊源，就是学校钢琴班的孩子们有机会经常去参加海伦钢琴举办的很多重要活动。这些活动，刘媛菁参与其中，学习锻炼了不少。

2017年和2018年，刘媛菁和教授Jacek Kortus（肖邦国际钢琴比赛青少年一等奖）一起参加了在全国多个城市举办的维也纳海伦音乐之旅的巡演，演出场场好评如潮。刘媛菁读高中时，父母也曾犹豫孩子到底是否要走专业钢琴演奏道路。此时，又是一次与海伦钢琴有关的契机出现了："海伦杯"欧盟国立音乐学院青少年钢琴比赛总决赛在北仑举行，刘媛菁在跟许多国外选手交流之后，萌发了出国的念头，刘媛菁的妈妈对于孩子的这个想法，给予了鼓励与支持。

在李依身上，我们看到陈老板的一次善举。海伦钢琴点对点地直接进入女孩的家里，助燃家境困难的视障女孩的爱乐之心。

在刘媛菁身上，我们看到海伦钢琴并非指定对象予以培养，而是通过潜移默化，润物细无声的方式影响着当地的儿童，让他们在耳濡目染中接受更多钢琴训练，开拓眼界，直至走上专业道路。

这也回到了关于"老板不做赚钱事"背后的原因：

不仅仅关注企业的产品，更关注产品背后的实质——弹钢琴的人、爱钢琴的人、学钢琴的人、听钢琴的人，他们的核心需求是什么？音乐对人的生活和行为的撼动又是什么？我们看到的是，一株株小树苗从宁波这片土地上成长起来，在抽枝开花成为大树后，用大串的果实，回报养育它的土地。

如今在北仑地区散步，时不时就会看到海伦钢琴：有时是在商场的大厅里，熙熙攘攘购物的人群里，忽然听到一阵琴声，仔细一看，发现是有人在商场大堂里弹奏钢琴；有时是在当地医院的候诊室里，在心怀焦灼的病人和家属当中，有志愿者弹起了钢琴，舒缓的旋律安抚着大家焦躁的心绪；有时是在小学的课堂上，在睁大眼睛天真可爱的孩童的脸上，看得到老师按下琴键，乐声响起时，音乐带给童年的鼓舞。

这些都是陈海伦陆陆续续以各种方式赠送给北仑公共场所的钢琴。本身并不会弹琴的他，为这座忙碌的城市和其中无数奋斗的人们，带去了心灵上的旋律。

也许这些和海伦钢琴擦肩而过的人并不都会弹奏或者欣赏钢琴曲，也许许多人终其一生不会成为海伦钢琴的顾客，但他们的出现，他们的倾听，是海伦确认自己存在的理由。

这也是环境与人物的关系。

培养了第一代中国自己的钢琴制造师和销售商的宁波，血液和空气中飘荡着音乐基因的宁波，涌现出一代又一代钢琴演奏家和教育家的宁波，也孕育了新一代的民营企业家，孕育了新一代走向世界的学子，孕育了具有较高文明素养和艺术欣赏水平的市民。

这是两个女孩的故事，李依和刘媛菁，她们互不相识，但因为与海伦钢琴结缘，因为海伦而有了自己要追寻的梦想，也因为海伦钢琴而改变了人生轨迹。

这也是关于宁波的故事，它并不特意给予生活其中的人什么，但因为这座城市释放的气场，人们来到这里，会奇妙地得到机遇，得到发展，得偿所愿。

而这背后，是陈海伦的助推。他当然不会认识每一个买他琴的人，也不会认识每一个听过海伦钢琴演奏的人，但他反哺社会，投向公益事业的每一架钢琴，他费心费力主办的每一场音乐会，每一场比赛，都化作养料，滋养着这座爱乐之城。

二十、新一代掌门人

20岁出头时，陈海伦在下三山围海造田。

30岁而立之年，陈海伦已经成为宁波北仑钢琴配套厂厂长。

40岁不惑，陈海伦决心攻下码克技术。

50岁知天命，海伦钢琴上市。

几乎每十年，陈海伦就实现一次超越。

用陈海伦名字命名的海伦钢琴，一步一个脚印，从山岙从海边，从田边从乡野，走向高雅的艺术殿堂，走向欧洲音乐之都，走向国际乐器展，一直回答着时代的问卷。

反过来，山岙和海边锻炼了陈海伦的体魄，田边和乡野锤炼了陈海伦的志气，高雅的艺术殿堂开阔了陈海伦的眼界和胸怀，国际乐器展赋予了陈海伦新的奋斗目标。

一步一个脚印，每一种经历，也叩击和振动着个人的命运。

2012年，海伦钢琴股份有限公司在深交所创业板成功上市，成为国内首家成功上市的民营钢琴企业。这是海伦钢琴又一个高光时刻。

作为国家火炬计划重点高新技术企业、国家文化产业示范基地和国家文化出口重点企业，海伦钢琴在深交所成功上市，"标志着企业进入了新的发展阶段，具有了更广阔的发展平台"。同时，海伦钢琴已经走出浙江省宁波市，在辽宁省营口市、广东省韶关市等城市拥有八个厂区，在不同气候条件下进行钢琴制造与仓储管控，让品质稳定性得以再上台阶。这么一来，不论是南方的温热潮湿，还是北方的干燥寒冷对木材的影响，都被纳入海伦钢琴的考虑范围。

这一年，陈海伦57岁，正值春秋鼎盛之际。他的儿子陈朝峰31岁，正是三十而立的好年华，与海伦钢琴翻开历史新一页的时刻不谋而合。80后新生代会为这家民营钢琴企业注入怎样的力量？

陈朝峰，高高的个子，一头蓬松的头发，大大的眼睛和父亲一样，透露出温和，戴一副眼镜，不摆架子，待人亲切。他对吃住都讲究，是个有点小挑剔的吃货。他会在名牌男装店打折时一口气买两打衬衫，喜欢打游戏，是个典型的80后，更是个好脾气的慈父，微信的头像就是和孩子们一起玩耍时的照片。

他从小在北仑长大，成长的经历，就是见证父母并肩一路奋斗、节节高升的过程。

陈海伦在上年纪后，刻意控制饮食，瘦了一些，显得更精神了。父子俩站在一起，眉眼相似，叫人一看就知道是上阵父子兵。

由于童年时期父母都忙于创业，陈朝峰在外公外婆家长大，也一直在宁波本地读书，是北仑中学2000届毕业生。

北仑中学校友资料显示，陈朝峰2002年至2008年于加拿大本拿比就读现代企业管理专业，2008年回海伦钢琴股份有限公司工作。现任海伦钢琴股份有限公司董事、海伦投资执行董事兼总经理、海伦艺术教育投资有限公司总经理，是浙江省青联及宁波市青联会员，北仑区党代表。

北仑中学校友录有这样一段评价："作为陈海伦和金海芬的独子，他是海伦钢琴接班人，接受海外教育，陈朝峰耳濡目染之下懂得了商道传承，并带着新一代的认知和自己对大千世界的理解，正在公司的各个经营领域崭露头角，怀着一腔热血与热忱，开创自己的时代！"

随着青年一代的加盟，青年一代的所思所想，青年一代的爱好品位，也持续影响着海伦钢琴的决策层，让这家上市公司腾出更多精力投入到新事物上。

海伦两个字，对陈朝峰来说，意味深远。

海伦不仅是印在钢琴上的铭牌，不仅是公司的名字，不仅是名片上的符号，也是父亲的名字，一个有血有肉的亲人，是事业的象征，也是家族的代表。作为父亲的儿子，作为海伦的一分子，他的身上有父亲的基因，他的未来注定要和这家企业共荣辱、同进退。

陈朝峰到海伦钢琴6年后的2014年8月，海伦钢琴成立了"海伦艺术教育投资有限公司",同年12月成立了"北京海伦网络信息科技有限公司",主要拓展公司智能钢琴与线上线下艺术教育培训市场,推进公司在文化艺术培训产业领域的尝试。为此,海伦钢琴前后整合6家公司,参股15家公司,打造综合性艺术教育培训产业。

这是青年一代海伦钢琴掌门人,对现代互联网科技及智能化制造飞速发展的回应。

和父辈借力改革开放春风一样,从乡镇企业跃升为上市公司,此刻海伦钢琴需要紧跟互联网时代的潮流,将传统制造业向智能化制造转换,实现产业全面升级。

年轻的陈朝峰和妻子顾箐主要负责海伦艺术教育投资有限公司。于公,是两个80后为海伦公司铺设通往未来的新轨道。于私,是一双对家庭教育和艺术教育投入的父母送给自己孩子童年的礼物。

正在北仑开枝散叶的海伦线下培训教室,统一用粉绿和嫩黄两种颜色装潢。

温馨的环境里,年轻的老师用海伦智能钢琴为孩子们上音乐启蒙课。这种钢琴有一项功能,即如游戏机一样,在预先输入乐曲后,会指导演奏者按键。通过游戏式的演奏陪练,在重复练习中让低龄儿童喜欢上钢琴。一切看起来都是新鲜、有趣的。

作为钢琴制造家族的第三代,陈朝峰的孩子也在这带有全新理念的智能钢琴教室中接受音乐启蒙教育。

与时代的接轨，带来良好的反馈。

2014年7月，海伦钢琴股价创出历史新高，当时的财经报道称：这只从钢琴培训延伸到其他相关艺术培训领域的个股，6月5日以来股价累计涨幅高达86%。

2015年初，海伦钢琴股份有限公司拟非公开发行股票募集不超过21558万元，加码互联网艺术教育。3月26日晚间，海伦钢琴发布定增预案，拟向不超过5名特定对象，非公开发行不超过1350万股，募资拟用于智能钢琴及互联网配套系统研发与产业化项目（一期）的建设。

公告显示，智能钢琴及互联网配套系统研发与产业化项目（一期）总投资2.28亿元，项目以研发智能钢琴为方向，将传统钢琴与现代高新电声、智能控制技术、网络信息技术相结合，并搭建互联网互动教育平台，对公司已有的传统钢琴产品进行产业升级，与公司已开展的线下艺术培训教育形成优势互补，从而提供集智能钢琴产品、互联网技术、艺术培训教育系统于一体的产品销售及综合化服务。项目建设的主要内容包括智能钢琴生产线、智能操控系统生产线及互联网互动教育平台等。

据海伦钢琴测算，该项目达产后，年销售收入约为29850万元，按照公司现行税率计算，项目年净利润约为4932万元，所得税后财务内部收益率约为26.91%。

2016年，海伦推出了一批智能钢琴新品，有升级版DGⅠ、DUAⅠ、DUAⅡ、DUQⅠ、DUQⅢ、DUQⅣ新品。还有一批具有自主知识产权的新技术：海伦智能乐谱屏显系统、海伦音板共振系统（专利号：201420149800.5）、海伦实木键盘系统、海伦音源主板系统、海伦MOOC网络教育系统。产品功能包括趣味教学、特色教材、弹奏校准、智能乐谱、大师点评等方面，使用海伦智能电钢琴能基于互联网实现线上交流。

同年，海伦钢琴再次与音乐之都奥地利合作。根据媒体报道：7月2日上午，在奥地利驻华大使艾琳娜女士，奥地利文化参赞欧诺德先生，维也纳音乐与表演艺术大学前副校长、音乐声学教授、博士生导师、奥地利声学协会创立者葛雷阁教授，维也纳音乐与表演艺术大学EMP音乐启蒙项目负责人艾娃教授，海伦钢琴董事长陈海伦先生，海伦艺术教育CEO陈朝峰先生，海伦艺术教育EMP音乐启蒙项目负责人顾箐女士，中国乐器协会理事长王世成先生，中国乐器协会副理事长曾泽民先生，中国乐器协会副理事长王松美女士，中国乐器协会秘书长陈晋武先生等领导嘉宾以及媒体的共同见证下，海伦艺术教育投资有限公司推出"维也纳EMP音乐启蒙项目"，将维也纳的艺术启蒙教育体系引入中国，旨在促进中、奥两国在艺术启蒙教育上的共同发展与进步，也是为了"每个孩子都有自带的音乐感受，我们要做的是在不破坏孩子天性的前提下进行教育"。

年轻一代海伦人，为从传统制造业起步的海伦钢琴注入新风。

海伦公司自2004年开始为奥地利制作贴牌钢琴，2005年开始生产自主品牌"海伦"钢琴，2012年实现企业上市，到

2014年开始公司的第二步转型升级，向智能化、科技化方向迈进，谋求乐器制造、技术网络、艺术教育的产业链延伸与整体平台提升。经过2004年到2014十年的发展，海伦钢琴从规模、销售到企业净资产等，多项指标均位居行业前列。

比陈朝峰大3岁的陈斌卓，与改革开放同龄，他是陈海伦的侄子，也是海伦钢琴股份有限公司的副总经理。从宁波名校镇海中学毕业后，陈斌卓去外地上大学，毕业回到宁波后，他起先在一家外贸公司工作，之后加入海伦钢琴。

当老板的亲戚，真不是享福的事。那是海伦钢琴的初创阶段，最艰难的时候，办公室里只有陈海伦夫妇、陈斌卓和陈海伦的另一位亲戚四个人。

从销售到送货，从司机到翻译，陈斌卓什么都要做，也什么都要会做，风餐露宿的创业路举步维艰，本可以在外企舒舒服服当白领，但他在这段珍贵的经历中获得了很好的锻炼。

陈斌卓个子中等，性格内敛，喜爱阅读。看到人时，嘴角常带一点笑意。他有一张看不出年龄的娃娃脸和秀气的五官，往昔走南闯北、挨家挨户为海伦钢琴营销而奔波时的风霜似乎没有在他脸上留下痕迹。主管海伦钢琴营销工作的他，曾在闲谈时告诉我两个小故事，展现了年轻一代甬商对市场的敏锐度。

第一个故事，是陈斌卓大学毕业后回到宁波不久，一次在闲逛时发现菜场里在卖一些价廉物美的童装。他收购后将衣服带去广交会卖给中亚商人，很受好评。他回到菜场，顺着菜场卖家又到找童装制作商，建立起了销售渠道。乡镇里一家不知名的童装厂就这样一路把童装卖出国门，他也从这段逛街开始的商业实践中获益良多。

  第二个故事，是海伦钢琴刚刚开始生产自己的品牌时，在业界还没有知名度，陈斌卓和几位老销售员一个城市一个城市去推广自己的品牌。为了节约经费，他们住最便宜的宾馆或者招待所，吃最简单的盒饭甚至面包和白水，坐最便宜的火车班次或者客运车，往往一天要跑两到三个城市。

  一次陈斌卓走进一家琴行时，对方正在打扫，直接把垃圾从他脚面上扫过去。还有一次，一家琴行的店主借故洒扫庭院，把水浇在了陈斌卓身上。有时错过了火车，陈斌卓就在候车室，坐在板凳上，用窗帘裹着自己取暖，喝着火车站提供的免费开水，挨过一晚。千万扇对着陈斌卓关上的门中，总有一扇能被敲开。一旦敲开，就是海伦钢琴生长的空间。有琴行的店主对陈斌卓说，海伦钢琴我们不了解，但你们的人我们认了，这钢琴我们也就认了。

  人的魅力始终与琴的魅力互为映照。

  这些吃苦赶路的经历，吃闭门羹的经历，获得意外之喜的经历，得到认可的经历，打开市场的经历，交到朋友的经历，勇于尝试新鲜事物的经历，或许陈海伦最初在推广自己的五金时也遇到过。如今，是年轻一代的海伦人在品尝、在继承、在开拓了。

  一代人有一代人的难题，一代人有一代人的机遇，但只有亲身经历过这些事，才能明白"创业维艰"这四个字的含义。

家族的接力棒传递到年轻一代的海伦人手里,今日的海伦钢琴已经不是当年大碶村子里的小小乡办企业,但其所处的商业环境要比当年民营企业家面对的复杂多变。薪火传承,传承的不是财富或者资产,传承的是价值和信念,以及刻苦努力的精神。

　　靠着这些,海伦钢琴立足了,也壮大了。也唯有靠着这些,海伦钢琴才能继续立足、继续壮大。

　　2016年春天,暖意为宁波披上新绿。这一年,是海伦创业30年。海伦钢琴新品发布会暨海伦钢琴第六届全国经销商大会在浙江宁波举行,大会吸引了来自海伦钢琴公司全国八大营销片区的近600位经销商代表。

　　每件事情都需要天时地利人和的加持。当天到会祝贺的政府部门相关负责人表示,政府支持和结构升级愿助力民企继续做强"乐器文化+音乐教育",这是地利。

　　"作为浙江省开放时间最早、开放程度最高的区域,北仑区近年来在地方经济和文化产业建设方面已经取得重要发展成果。目前已建设有五个国家级开发区,依港而生、因港而兴的北仑是宁波港的核心腹地,是浙江省打造全省制造业的重要能源和原材料基地。同时,作为文化强区,北仑高度重视文化事业建设和产业发展,十八大后更加快速度使文化产业成为北仑的支柱产业,近年北仑文化制造业已经形成规模并发展到较高水平,涌现出一批以海伦钢琴为代表的龙头文化制造企业。海伦钢琴股份有限公司作为国家火炬计划重点高新技术企业、国家文化产业示范基地和国家文化出口重点企业，是北仑区乃至浙江省文化产业发展的一张亮丽名片。"

这是在经销商会上，海伦钢琴股份有限公司董事长陈海伦就公司战略布局和未来发展方向所做的发言。这是人和。

他在发言中告诉大家，2015年海伦钢琴获得北美MMR国际乐器评比终身成就奖。同时，海伦钢琴开始向高端精品和智能钢琴转型升级，在传统钢琴制造领域除"启航""经典"等产品系列，又增加高端系列"维也纳"，定位世界一流、顶级品质。

同时，在智能钢琴研发领域，领先研制全新海伦智能钢琴。2014年，海伦公司开始与北京邮电大学合作智能钢琴项目，海伦公司持续投入研发资金3000多万元，并于2016年底投入1500万元用于智能钢琴的技术创新，以保证海伦打造的智能钢琴产品在各项技术指标上均达到业界领先水平，成为国内真正意义上高水平的智能钢琴产品。海伦公司作为一家高起点乐器制造企业，制作的传统钢琴已经获得市场肯定，智能钢琴也要打造国内领先，再次成为国际智能钢琴领域的中国品质代表。

此外，文化部艺术发展中心授权海伦钢琴"全国音乐教师培训基地"，对于经销商所属培训机构、海伦智能钢琴教室的教师培训等工作都将在此开展。同时，授权海伦钢琴"全国钢琴考级海伦考级委员会"，公司将可在全国范围开展钢琴艺术考评工作。

三十而立，于人如此，于创业，也到了成熟和升级的当口。

还是在 2016 年，年轻一代的海伦钢琴掌门人，推动海伦钢琴股份有限公司与华特迪士尼（中国）有限公司签署许可协议，迪士尼许可海伦公司在特定期限内在特定乐器及相关配件类产品上使用迪士尼卡通形象原型和商标，并授权公司在特定的渠道销售许可产品。具有迪士尼经典卡通系列形象的钢琴及系列产品成为海伦乐器的又一个亮点。

海伦人陈朝峰说，他们在乎的不仅仅是内部的业绩，更在乎的是"民族品牌"。

"我们是'海伦人'，做好中国钢琴，讲好中国故事是我们常常挂在嘴边的话，我们也是这样做的。中国制造的影响力已经大大超过前几年，我认为国人应该有这样的自信，更应该相信我们的国产乐器是不亚于海外进口的！"

二十一、拥抱未来

2015年2月，中国内地影市票房喜人，40.63亿元票房，不仅创下单月票房新纪录，而且一举超过美国市场单月票房，成为世界第一大市场。其中，就有迪士尼动画《超能陆战队》。

这部电影是迪士尼与漫威联合出品的第一部动画电影，取材于一部动作科幻类漫画。影片由唐·霍尔及克里斯·威廉姆斯联袂执导，瑞恩·波特、斯科特·埃德希特、T·J·米勒主演配音，于2014年11月7日以3D形式在北美上映。故事主要讲述充气机器人大白与天才少年联手小伙伴组建超能战队，共同打击犯罪阴谋的故事。2015年2月23日，影片获得第87届奥斯卡"最佳动画长片"奖。获奖5天后的2月28日，影片携奥斯卡金像奖光环在内地上映，上映3天票房过亿元。软萌萌又胖乎乎，简直像一块大棉花糖的机器人大白，用它治愈的微笑、善解人意的心灵、甘于奉献和牺牲的忠诚，赢得了无数小孩和大人的喜爱。

也就在大白风靡一时的当下,海伦钢琴敏锐捕捉到了这点。

钢琴与科幻、钢琴与电影、钢琴与漫画,似乎从各个维度来看,都不会产生联系。但对于善于嗅到商机的商人来说,流量带来机遇。就在电影于内地上映翌年,2016年,海伦钢琴的陈斌卓在海伦钢琴第六届全国经销商大会暨新品发布会上透露,海伦钢琴股份有限公司与华特迪士尼(中国)有限公司签署《许可协议》,迪士尼许可海伦公司在特定期限内在特定乐器及相关配件类产品上使用迪士尼原型和商标,并授权公司在特定的渠道销售许可的产品即将问世。

也就是在同年,2016年6月16日,位于上海市浦东新区川沙镇黄赵路310号的上海迪士尼乐园正式开园。这一中国内地首座迪士尼主题乐园,是一座具有纯正迪士尼风格并融汇了中国风的主题乐园,占地1.16平方千米的区域内,遍布各色主题的游乐项目。统计显示,上海迪士尼在2020年游客量达到550万人次。在每一位去过迪士尼的孩童和家长心中,这个造梦乐园,与他们的亲子时光和童年快乐有了联系。

而海伦钢琴,将这种联系落实到了一台可以买回家的钢琴身上。2017年4月,海伦迪斯尼系列钢琴发布会在宁波北仑区希尔顿大酒店举行,首次推出的海伦迪士尼钢琴有四款:DH2F(122)米妮(白色加红色,适合6—12岁女孩);DH2M(122)米奇(黑色加红色,适合6—12岁男孩);DH6(126)(金色配饰适合青少年)。

第四款，DSN1，被命名为超能陆战队大白电钢琴。

后来，在海伦钢琴公司的大楼底层，陈海伦向我展示了这些带着可爱元素的钢琴。

白色的钢琴，像超能陆战队里胖胖又治愈的大白。黑色和红色的老鼠元素，则是世界上所有小朋友都熟悉的迪士尼经典形象米老鼠无疑。这些好看的颜色不是简单的表面粘贴色纸，而是单独把每一块外壳进行油漆后，再进行面板还原。手工的工作量虽然大，但效果却很好。

褪去钢琴高不可攀、让人望而却步的华贵气息，眼前的一架架小钢琴怎么看都是可爱的大号玩具。会让初次学琴的孩子们一见倾心，也心生好感。

这真的是年轻人才能想到的创新之举，而更多有趣好玩为海伦加分的项目，不断地在海伦钢琴上展开。

将目光从单纯的生产钢琴、销售钢琴这一"物"身上，到转向弹奏钢琴的学生、服务演奏钢琴的艺术工作者、扶持钢琴演出的"人"身上。这转变背后，体现了海伦钢琴回应着所处的大时代之变，回应着企业内部产业结构之变，也回应着新一代"海伦人"的格局和眼光之变。

2016年，海伦钢琴又继续走向这一转变的深水区，从生产钢琴涉足钢琴教育，开展了"维也纳EMP音乐启蒙项目"。在是年的"北京音乐生活展"上，海伦钢琴有限公司宣布：旗下的海伦艺术教育投资有限公司与维也纳音乐与艺术表演大学合作，依托后者的音乐教育资源，打造"维也纳EMP音乐启蒙项目",适合中国国情和中国爱乐者的文化。业界评价:"此次合作以其雄厚的业界背景,加之专业上的国际化合作,必将成为中国艺术教育事业上一颗闪亮之星,它的横空出世也必将对海伦艺术教育旗下的全国100多家加盟学校带来更多的发展机遇。海伦艺术教育投资有限公司将以艾利国际音乐学校作为高端品牌,进行全国推广。"

不能停步,也不会停步,犹如海伦钢琴所处的北仑,海浪一阵一阵滚动,奔腾不息。海伦钢琴内的年轻人,为公司带来更多"有趣"的新鲜气息,为钢琴制造和钢琴弹奏注入更多乐趣,也同时为传统殿堂级艺术助力。

而曾经总是在生产车间、销售市场、展会推广会之间奔走忙碌的陈海伦自己,也由于这种内在的驱动力,走向了更宏大的空间,走上了一个又一个宽阔的舞台。

比如说,来到中国首都北京,走进中国国家大剧院。

这个占地11.89万平方米,总建筑面积约16.5万平方米的建筑,因为外观呈半椭球形,被中国人昵称为"小巨蛋"。环绕建筑的水池如镜面,映出中国国家大剧院所处的寸土寸金的位置——北京市中心天安门广场。"小巨蛋"位于人民大会堂的西侧,是新"北京十六景"之一的地标性建筑,由法国建筑师保罗·安德鲁主持设计,2008年12月19日获"鲁班奖",2009年10月28日入选中华人民共和国成立60周年"百项经典暨精品工程"。

自从2007年9月,中国国家大剧院进行试演,中国国家芭蕾舞团的《天鹅湖》，兰州歌舞团的《大梦敦煌》，以及北京人民艺术剧院的《茶馆》打开"小巨蛋"后，优秀的演奏者，著名的艺术家、戏剧家，无不以站上这个舞台为职业生涯中的高光时刻。

作为一位身在东海之滨的乐器制造商，十指并不懂得如何在黑白键上按动旋律，也不会在众人面前表演，也能走上这个美丽的舞台吗？

2018新春佳节期间，陈海伦陪伴着刻有海伦名字的钢琴来到了北京。

这是一架特地从海伦总部调拨过来的性能优越的音乐会演奏级三角钢琴CF286钢琴，在繁忙的春运期间运送到了北京。由蒲公英艺术教育集团主办的"2018蒲公英优秀节目汇演"在北京国家大剧院举行。来自全国各地的近千名小演员为在场来宾和观众献上了50个精彩的节目。

其中，就有由苏州青少年爱乐乐团表演的昆曲《牡丹亭》选段《皂罗袍》。青少年们独辟蹊径，没有用传统的昆曲乐队所用的乐器来演奏昆曲，而是选用了更为浑厚有力的钢琴。而提供演奏钢琴给他们的，正是海伦的这架演奏级三角钢琴。

在国家大剧院做演出前的准备时，国家大剧院的工作人员留意到了海伦钢琴。这是中国制造吗？见惯大世面的后台工作人员互相询问——在知道海伦是中国制造后，工作人员纷纷称赞起来：之前进出国家大剧院、参与演出的大多是进口钢琴，能进入这里的国产钢琴很少，今天看到这台中国制造的海伦钢琴，工作人员也感到了由衷的高兴和自豪。

入夜，演出开始，青少年演员带着对艺术和艺术殿堂无比虔诚的心情，走上这个国家级舞台。当孩子们按下钢琴键，西式乐器的厚度与质感，流转出江南婉约的缠绵悱恻，表达出了一种穿越时空，也彼此呼应的文化之美。写下《牡丹亭》的汤显祖，与戏剧大师莎士比亚是同时代人，演奏钢琴的孩子和戏剧中的少年男女是同龄人。

诗意与诗意能够对话。就像幕后的工作与台上的艺术有同样的美。钢琴因为陈海伦来到了台上，被大家瞩目。陈海伦也因为钢琴，走进了本来不会走进的剧院，触摸到了人类文化中珍贵的财富。

2019年刚开年，海伦钢琴又做了一件有趣的事，这一次，真是"闹大了！"大到了打破吉尼斯世界纪录的程度：

海伦钢琴要参与挑战最多人数钢琴四手联弹吉尼斯世界纪录。

一场"纪念建国七十周年暨钢琴家郎朗携手上千名钢琴使者挑战最多人数四手联弹吉尼斯世界纪录"活动在福建厦门举办。这意味着，来自山东、山西、河南、河北、广东、广西、湖南、湖北、上海、北京、四川等全国多地的千余名钢琴使者，要在钢琴家郎朗的领奏下，激情演奏舒伯特的《军队进行曲》。谁能一下子同时提供这么多钢琴？谁能参与并见证这一场吉尼斯世界纪录被打破？

海伦钢琴站了出来。

来自海伦钢琴的777架总重25万公斤的JNS限量版的高配置立式钢琴和三角钢琴，跨越约一千公里，从宁波急运到厦门。这是一批为挑战这次吉尼斯世界纪录特别制造的钢琴，琴体上印制有挑战活动的专属标志。

来自山东的琴童女孩，手指轻轻搭在了琴键上。她对海伦钢琴不陌生，家里就用的海伦钢琴。她后来对前去采访的媒体说，看到这次运来的专门为挑战吉尼斯世界纪录定制的海伦JNS限量版钢琴上，都有一个闪亮的金属质地的官方标识，和自己家里的不一样，"很羡慕"，媒体也在现场采访到了在厦门上学的土耳其小女孩，孩子的父亲在接受采访时说："能带孩子参加这样的活动，十分激动，我们愿意用孩子的琴声表达对中国人民的敬意！"土耳其小女孩则说："如果这次挑战成功，就能拿到一张和郎朗大师一起冲击吉尼斯纪录成功的证书，我就是土耳其最快乐的孩子了！"

活动开始了，只见在钢琴家郎朗的口令和指挥家的指挥下，所有钢琴使者整齐划一地开始演奏《军队进行曲》。在全场吉尼斯世界纪录监督人员的严格监督下，大家极为顺利地演奏了全曲。"演奏完毕后，厦门体育中心体育场一片寂静，所有的钢琴使者和观众都在静候吉尼斯的工作人员公布最终的挑战结果。终于，在大家的热切等待中，最终宣布：此次挑战获得成功！"

而海伦钢琴为了确保挑战顺利，年轻一代的掌门陈朝峰专门抵达活动现场。此外海伦钢琴方面还安排了活动现场调度负责人周军、孙增生等公司骨干及公司最优秀的钢琴技师康绿新等专业技术人员，以保证挑战用琴良好的演奏状态。

在之后接受采访时，陈朝峰说："这次挑战吉尼斯世界纪录的盛事，不仅是海伦钢琴和钢琴使者们为中华人民共和国成立70周年的献礼，也是对我国强大国力的一次展现。海伦钢琴将让世界上更多的国家和地区意识到，中国有一个闪耀世界钢琴行业的民族品牌。"

活跃的海伦钢琴，不断做出拥抱时代的尝试。从最原始的挨家挨户推销，建立合作门店卖琴，到图文介绍宣传产品，寻求与艺术院校的合作，再到突破圈层，建立官方网站、官方微信和微博等自媒体渠道以及开设天猫、京东旗舰店，不断通过网络媒介、网销平台、短视频以及直播等新型媒介，更好地向消费者展示与普及钢琴相关产品。

就在上千名钢琴使者挑战最多人数四手联弹吉尼斯世界纪录的2019年年末，一年一度的"双十一"购物狂欢节落下帷幕。

海伦钢琴连续第五年参与"双十一"，在直播中针对意向用户进行产品介绍、选购解答、活动引导及与竞品的对比解析等，并聘请专业钢琴老师直播弹奏钢琴，全方位展示产品音色与性能，并交出该年"双十一"答卷。据资料显示，截至2019年11月11日24点，公司在天猫和京东网销平台上的销售总业绩突破1500万元，环比去年整体增长了40%以上。其中海伦启航120SE、海伦文德隆WL122和WL125这三款产品为"双十一"期间的明星产品，受到广大消费者的高度关注。

坐在宁波北仑海伦钢琴大楼的董事长办公室里，陈海伦的头发有一些花白了，但是操作智能手机，查看海伦官方网络媒介、网销平台，甚至短视频APP的手势非常活络，他依旧保持着创业时拥抱新事物的锐气。遵循规矩的甬商，向来有团结互助、不断学习的一面，但也有着相对保守和守成的一面，不过，陈海伦却愿意接受新事物。

在每一次直播时，陈海伦都亲力亲为、身先士卒。也就在接受采访的同时，他还不断地和短视频拍摄团队的年轻人们沟通，包括场景设计、布光和直播时的内容。

而正是因为有他在，年轻一代的海伦人才能在新商场上没有后顾之忧，尽情尝试拥抱新事物。

二十二、挑战与机遇

光阴流转，人间的半个世纪，对大自然来说，只是弹指之间。而在北仑，已经发生了翻天覆地的变化：高楼林立，车水马龙。在海边围塘的小陈海伦，早已长大，成家立业，儿孙满堂。少时为了生计，还要去割猪草养家的陈海伦，凭借自己的双手，营建起一个钢琴制造王国。而身为陈海伦的孙子，这个家族里的第三代，成为这个家族中第一代从小就拥有钢琴，并能坐在钢琴前学琴的孩子。

从乡间小模具厂和小五金厂起家，不论是陈海伦和他的妻子金海芬，还是儿子陈朝峰和侄子陈斌卓，都坦言自己完全不会弹钢琴，即便从事这个行业几十年，对古典音乐流派和乐曲也只是略知一二。但一次一次合作，一次一次走进音乐学院，一次又一次作为赞助商聆听台上的乐曲，他们被钢琴的魅力捕获了。这也意味着，海伦钢琴有限公司制造钢琴，但被他们制造出来的钢琴，反哺以这家企业以品位，撼动以深度。

为这艺术所熏陶的家族，在解决生计之忧后，也愿意让自己的后代从小接触这人间最美丽的艺术旋律。七零后陈斌卓的孩子很早开始接触钢琴。八零后陈朝峰的两个小孩，都在学龄前就成了琴童，同时，这两个孩子，也成为父亲陈朝峰主力推出的智能钢琴的第一批用户。

两个小孩子，坐在智能钢琴前。这大件的机械，如同一台大型游戏机一样，随着按键的变化，随时给予小琴童反馈。只见，智能钢琴上，灯条动感，还能联网显示乐谱。在练琴的时候如果打开蓝牙设备，可以与更多陪练APP进行连接使用。

从北仑驶向宁波城区的路上，陈朝峰谈论着他的商业计划。这个甫一成年就出国留学，在加拿大度过数年青春的新一代商人，伴随着互联网产业的兴起而长大。和同龄人一样，他私下热爱彻夜打游戏，喜欢在打折季囤名牌衬衫，出行时会在意酒店积分，但这些表象背后，是他似乎天然比父辈更熟悉互联网产品、智能潮流和国际多元文化。

陈朝峰说，在未来的计划中，海伦钢琴会在智能钢琴和艺术教育领域继续加大投入力度，与中央音乐学院合作，聘请专家，对接互联网科技公司，携手研发智能钢琴教材及APP软件，尝试通过在APP里设置一系列智能跟弹、智能纠错、自动演奏、静音练习、比赛PK、小游戏等环节，让单调甚至让幼童望而生畏的钢琴练习变得妙趣横生。

网络、智能、线上，这些词，是在面对必然到来的新潮流时，新一代海伦人做出的反应。也是第二代接棒者，在面临将传统制造向智能化制造转换，紧跟智能化艺术教育带来的整体品质提升的阵痛时，对海伦钢琴品牌赓续与发扬的尝试。更是身为父亲的陈朝峰和陈斌卓在陪伴自己孩子学琴的过程中，换位思考用户体验，幼吾幼以及人之幼的拳拳之心。

在接受《甬商》关于"四十不惑"的采访时，陈朝峰曾说："海伦来源于我父亲陈海伦的名字。从生产零配件到核心部件再到整琴制造，从OEM贴牌到打造自有品牌，产品从一个系列到多个系列，海伦钢琴一路走来，销售业绩不断增长。一直以来，我和父亲始终坚持走'树百年海伦，创国际品牌'的道路。我们深知，在资本市场磨炼了8年，想要把海伦钢琴办好，就要先把历史传承、品牌传承和价值传承做好。父亲几十年打拼下来的江山，给我留下了丰富的人脉和大量的资源，还有骨子里不屈不挠的创业精神和使命感。"

父子俩携手执甲。陈海伦为儿子奋斗，陈朝峰站在前辈的肩膀上眺望。

两人有相似的容貌，相似的口音，甚至在海伦钢琴的办公楼内，当中午坐在小食堂里和员工一起吃饭时，他俩的筷子总会不约而同伸向同样的一碟菜：一碟素色的鱿鱼炒咸菜，或者是一碟清蒸梭子蟹，又或是一碟螺肉炒韭菜，这是典型的宁波人口味。所有的肢体语言，甚至不需要诉诸文字，无不展示着他们是团结的一家人，秉承同一种家风的事实。

父子俩并肩作战。陈朝峰接过父母的担子，现在他要为自己的孩子们守业。

2020年12月，特殊年份的最后一个月。中央经济工作会议12月16日至18日在北京举行。这是新中国历史上极不平凡的一年。

会议确定，接下去一年要"增强产业链供应链自主可控能力。产业链供应链安全稳定是构建新发展格局的基础。要统筹推进补齐短板和锻造长板，针对产业薄弱环节，实施好关键核心技术攻关工程，尽快解决一批'卡脖子'问题，在产业优势领域精耕细作，搞出更多独门绝技。要实施好产业基础再造工程，打牢基础零部件、基础工艺、关键基础材料等基础。要加强顶层设计、应用牵引、整机带动，强化共性技术供给，深入实施质量提升行动。"还要"坚持扩大内需这个战略基点。形成强大国内市场是构建新发展格局的重要支撑，必须在合理引导消费、储蓄、投资等方面进行有效制度安排。扩大消费最根本的是促进就业，完善社保，优化收入分配结构，扩大中等收入群体，扎实推进共同富裕。要把扩大消费同改善人民生活品质结合起来。有序取消一些行政性限制消费购买的规定，充分挖掘县乡消费潜力。要完善职业技术教育体系，实现更加充分更高质量就业。要合理增加公共消费，提高教育、医疗、养老、育幼等公共服务支出效率。要增强投资增长后劲，继续发挥关键作用。要发挥中央预算内投资在外溢性强、社会效益高领域的引导和撬动作用。激发全社会投资活力。要大力发展数字经济，加大新型基础设施投资力度。要扩大制造业设备更新和技术改造投资。要实施城市更新行动,推进城镇老旧小区改造,建设现代物流体系。要加强统一规划和宏观指导,统筹好产业布局,避免新兴产业重复建设。"[1]

事关国家全局的宏伟蓝图,也影响着在长三角的这个海边城市里,宁波北仑海伦钢琴公司未来的方向。

不可否认的是,疫情对海伦钢琴的钢琴销售与艺术教育业务影响较大。但中等收入群体的扩大,也让海伦钢琴的销售版图进一步深入。过去一线城市家庭购买钢琴居多,但现在一些二三线城市的家庭,都有了购置钢琴的欲望,这意味着更多的市场在向海伦钢琴敞开大门。

而面对股价的波动,海伦人的想法一致:"不管股价高低,我们要做的就是做好自己的事情——扎实做好主业,紧跟时代潮流,将传统制造向智能化制造转换,紧跟智能化艺术教育带来的整体品质提升,从而实现产业全面升级。"

也就在中央经济工作会议召开的几个月前,在 2020 年 10 月末,当大家还对疫情有些畏惧的时候,陈海伦董事长亲自出马,戴好口罩,撩起袖子,与陈朝峰及陈斌卓带队到上海参加上海国际乐器展。

在人头攒动的乐器展上,宽大的会展中心的钢琴展区内,一进门,在 E1 展馆的 D01 展位,醒目的海伦的布展区跃入眼帘。两层楼房构造的立体展区,气势上就与众不同。走入展区,可以看到海伦钢琴展出的海伦、文德隆、罗瑟以及佩卓夫等钢琴

---

[1] 《中央经济工作会议在北京举行》,载《人民日报》2020 年 12 月 19 日,第 1 版。

品牌下的一些产品。钢琴类别包括：立式钢琴、三角钢琴、智能钢琴及智能电钢琴，共计有30多款钢琴类产品展出。除了这个大展位，还推出了代表海伦未来创新的智能钢琴教室及海伦电爵士鼓展位（E3展馆E32展位）、海伦罗曼展位（E1展馆A52展位）。

在2020年的上海国际乐器展览会上，海伦钢琴旗下的海伦罗曼水晶系列钢琴也首次独立参展，展出了旗下海伦罗曼品牌水晶系列钢琴。此外，海伦钢琴的两大合作钢琴品牌德国弗尔里希钢琴和捷克佩卓夫钢琴，也都携旗下产品在本次乐器展亮相。

但在所有亮相的钢琴中，标志着海伦钢琴未来探索的智能钢琴教室，更为令人关注。这是海伦钢琴深度向教育市场转型，凭借在乐器市场的资源与渠道，联合众多品牌，共同打造的钢琴启蒙教育项目。

就在2020年，海伦钢琴二代筹谋许久的海伦钢琴联合中央音乐学院打造智能钢琴教室项目顺利落地。这指向未来的产品，让学琴的学生、家长、教师、加盟商都大感兴趣。

危机也同样是机遇，弯道正适合超车。

这样的理论，适用于疫情中的各个行业。不确定的世界里，变化是唯一的不变。而激烈的变化，也让海伦钢琴能不断破与立，能不断获得新的尝试机会，能在一次次重新出发的勇气里，探索新的商机。

白天，戴着口罩在会场穿梭会友的陈海伦，到了晚上也行程满满。借着上海国际乐器展的机会，海伦钢琴全国经销商齐聚一堂，举办了2020年上海乐器展海伦钢琴经销商招待晚宴。晚宴上，陈海伦董事长宣布将聘任杨磊、沈久茗、蔡领、黄念一四人为海伦钢琴签约钢琴家，并现场颁发了聘书。陈海伦相信，虽然疫情带来许多不确定的因素，但看到："国务院所颁发的关于加强艺术教育的指示，对于音乐界，教育界以及乐器制造界来说，可谓是一针强心剂，可以预见：一个新阶段即将开始。"

随着2020年落幕，2021年开启。

这一年是疫情暴发的第二年，也是陈海伦创业的第35载。35年的创业经历，给予民营企业家以胆识和体魄，给予他处变不惊，能从危情中寻找下一轮发展增长点的商业眼光。

2021年7月，在宁波音乐厅，海伦钢琴奏响了庆祝创业35周年生日音乐会的第一个音符。因为恰逢建党百年，音乐会上演奏了一首由六架钢琴齐奏的《我和我的祖国》，连着两首独奏曲《回忆》和《浏阳河》徐徐展开了音乐会。

百年历程，风华正茂。三十五年创业，青春正好。

坐在台下，陈海伦心潮起伏。没有人比他清楚，这一路筚路蓝缕、砥砺前行中经历的风霜雨雪，也没有人比他更清楚，这一路的成就来之不易。海伦钢琴的第二代和三代，也都来了，年轻的脸庞、稚嫩的脸庞，彼此血脉相通、眉目相似，齐聚一堂，共享盛宴。这是一个钢琴制造家族的故事，是两代钢琴制造者的故事，是一个企业迎着改革开放的春风起步壮大的故事。

台上的演奏，或动人、或激昂，每一根小小的琴弦里，始终与国家经济进步、科技发展、文化繁荣的国运共鸣。台下，海伦钢琴的发展脚步不停，海伦钢琴的两个分布在中国南北的项目也在积极推进中。

由于木材热胀冷缩的特点，在北方生产的钢琴会更适宜北方的天气和干燥，反之在南方亦然。因此海伦钢琴在辽宁营口——昔日的钢琴重镇，设下海伦钢琴营口工厂。在位于象山象保合作区，总投资1亿元，建筑面积约2万平方米的海伦钢琴外壳生产项目也在推进中。

任何一场钢琴演奏，都需要有自己的舞台。

有时候舞台的好坏，能决定一位演奏家的临场发挥。在几乎所有重要的演出前，有经验的演奏家都会在正式演出开场前，预先到还未有观众入场的剧场里，独自坐一会儿，感受舞台的回音效果和气场，用虔诚的灵魂先与舞台对话。

而对一个普通人来说，施展自己一生抱负的场所，则是自己的人生舞台。

时光回到20世纪60年代，聚光灯下的北仑，还远没有今日所见的生机勃勃和经济发展势头。走在北仑街道上的陈海伦，并不是个喜欢做梦的孩子，而是每天扎扎实实地完成自己的家务和农活，并尽量补贴家用。由于当时国家实行计划经济和户籍管理，陈海伦也不能像前辈或者像今天的青年一样随意离开家乡，投奔大都市寻找发展机遇。留在他面前的，似乎只有一条平平凡凡长大做农民的道路。

但命运之手，一直自有安排。少年时代经历的物质匮乏，以及做不完的家务和农活所吃的苦、流的汗,甚至无人帮扶的青年时代,在日后,都变成了陈海伦的另一种财富。

携带这份看不到摸不着的财富,陈海伦有了自己创办钢琴公司的底气。

他登上的舞台,群山围绕、滨海临港,是美丽的北仑。